붉은산 검은피

붉은산 검은피

오봉옥
장편서사시

솔
시선
35

일러두기

1. 이 시집은 『붉은산 검은피』 첫째 권, 둘째 권(실천문학사, 1989)에 수록된 시를 개작하여 한 권으로 새롭게 펴낸 것입니다.

2. 외래어 표기를 포함한 맞춤법의 경우 되도록 출간된 시집을 따르되, 원문을 훼손하지 않는 선에서 명백한 오류로 보이는 단어나 띄어쓰기를 바로잡았습니다.

1989년 서사시 『붉은산 검은피』(실천문학사)가 출간되고 많은 일들이 벌어졌다. 천리안 현대철학동호회의 어느 한 회원은 시의 일부를 발췌해 게시판에 올렸다는 이유만으로 구속되었고, 노래극단 '희망새' 간부들 넷은 이 시집을 원작으로 한 연극 「아침은 빛나라」의 미완성 대본 등을 공연 홍보 차원에서 천리안 게시판에 올려 구속 수감되었다. 나와 실천문학사 주간이던 송기원 소설가 역시 예외가 아니었다. 우리 두 사람은 어느 날 갑자기 치안본부 남영동 대공분실로 끌려가야 했고, 국가보안법 위반으로 구속 수감되어 감옥 생활을 해야만 했다.

1946년 '화순탄광사건'은 해방 직후 미군정이 들어와서 우리나라 사람들을 최초로 학살한 사건이다. 그 학살 사건을 다룬 장편서사시 『붉은산 검은피』는 나에게 각별한 의미가 있다. 우선 개인적으로는 '화순항쟁'으로 인해 억울하게 숨진 큰아버지를 위무했다는 점에서, 역사적으로는 묻혀 있던 한 사건을 세상 밖으로 끄집어냈다는 점에서 의미가 있다. '화순탄광사건'은 이 시집 출간 후 여러 매체의 노력으로 그 진실이 조금씩 드러나게 되었다.

월간 『말』紙의 특집 기사, 『한겨레』 특집 기사, KBS 특집 다큐 〈화순칸데라 1946〉으로 이어지면서 그 실체적 진실은 상당 부분 드러났다. 특히 그 과정에서 뮤지컬로 만들어진 「화순 1946」은 촛불집회와 '제70주년 제주4·3 희생자 추념식'에 초청받아 무대에 오르기도 했는데, 주최 측은 그 초청 이유로 '화순탄광사건은 제주4·3사건의 시발점이기도 하다는 점'을 들어 눈시울을 적시게 만들었다.

이번에 다시 선보이게 된 『붉은산 검은피』는 단순 재출간이 아니라 많은 부분 수정을 가했다는 점에서 수정판이라고 할 수 있다. '화순항쟁'에서의 억울한 죽음을 규명하기 위해 한 사람의 삶의 궤적을 따라가는 식으로 구성을 다시 했고, 보다 더 단단한 짜임새를 위해 불필요한 삽화들은 걷어냈다. 그리고 약간의 오류가 있었던 부분들을 바로잡았다.

나에게 『붉은산 검은피』는 아픈 손가락이다. 이 시집은 출간 후 얼마 지나지 않아 타의에 의해서 판매가 금지되었다. 그런데 그 아픈 손가락을 33년이 지난 후 다시금 세상에 내놓게 된다니 감회가 새로울 따름이다. 『붉은산 검은피』 수정판의 발문을 맡아주신 최원식 선생님과 이 모든 걸 현

실로 만들어준 임우기 선배님에게 깊이 허리 숙여 감사의
인사를 올린다.

2022년 5월

오봉옥

차례

서시
1

들어보소, 녹두벌 새 울음 좀 들어보소

1

아버지여
아버지여 당신께서
맨지게에 나무 석 짐 휘엉청 지고
지게 목발 끌며
소를 몰고 끈덕끈덕° 돌아오실 때에
머얼리선 바알간 석양이
당신의 이랴이랴 소리에
궁둥이를 슬쩍슬쩍 틀었지요
그때면 싸립에 섰던 아이가
아버지 하며 쪼르르 달려와선
소고삐를 얼른 잡았고요

음매! 음매에!

그래요 당신께선

° 끄덕끄덕의 무거운 말.

풀무더기 밟은 짚세기°신을
개울가에 달랑 벗어서
저무는 햇살에 슬쩍 밀어놓고는
발을 담갔지요
그때면 또랑또랑 흐르는 개울물은
너 머슴이구나
삼대째 내리내리 머슴이구나
늬 큰 발을 보면 내 딱 안다
그러더니
흘러흘러 가버리고요

그래요 그쯤이지요
가을산이 미쳐서 머리를 풀고
부푼 소문으로 하산하더니
백년 흙담을 뿌리째 넘어뜨릴 때가
흙토방에서 문지방으로 날며
빈 방에도 앉고 살강°우에도 앉을 때가
백주 대낮에 창자까지 긁어 팔 때가

주인나리야
논에서 어찌 밭을 갈고

밭에서 어찌 논을 갈겠냐며
난리 통에도 에헴에헴 호령이나 했다지만

그래요 당신께선
산밭에 누워 잠시나마 꿈을 꾸었겠지요
죽창 들고 쇠스랑 들고
온 마을 온 산하를 자랑처럼 누볐겠지요
이를 어째
천벌받을 그 꿈을 어째
날이 저물도록 땀으로 온몸을 감고서
옷깃을 추스르다 다시 한 번 삭신을 떨 때까지

들풀 하나에도 넋이 있어
쓰러지지 않고는
땅속까지 쓰러지지 않고는
끝내 다 못 피우듯이
알지요
녹두벌 먼지 속을 뛰쳐나간 심정이야

여기 소문의 씨들은
산 녘에서 불어왔지요
아니 황토현°의 아우성이
녹두벌의 횃불이

당신께서 패랭이꼭지 벗어놓고
치렁치렁 머리 다발 휘날리며
북상한 만큼이나
여기 소문의 씨들은
바람결에 갈기갈기 남하한 것이지요

차라리
차라리 들리지나 말 것을
우금치°마루에 질척이는
흰옷이여
붉은 피 서리를 두르고
풀마다 잎잎이 늙어버린 청산이여
까마귀가 나이 어린 동학군 눈깔을 쪼다가
까악까악
끝내는 살점을 토해내는
몸서리치는 밤이여

죽은 넋이 어데 가서 잠들리오
강가에 숨을 멈춘 꽃들도 얼었는데
죽은 눈이 어데 가서 감기리오
저녁 새도 날지 못하고

° 전라북도 정읍시 덕천면 동학로에 있는 조선시대 동학농민군의 격전지.
° 충청남도 공주시 금학동에 있는 동학농민운동의 항전지.

절룩절룩 곡을 하는데
눈썹달이 먼발치서 떠서는
차마 보지 못하고 먹장구름 속으로
고개 돌리고 말았는데
아, 죽은 입이 무엇을 더 말하리오

'백성이 한울님이여!'

아버지여
아버지여 당신처럼
깔° 망태기 가득 짊어지고
소 한 마리 끈덕끈덕 몰아오면서 보았지요
붉은 노을이 온몸을 감고 섰데요
아비도 없이 돌아오는 외론 길을
버얼건 핏물 되어 온몸을 적시데요
하늘 밖에는 아우성이 노을로 일듯
노을이 아우성으로 일듯 불타는데
어쩌면 당신의 마지막 통곡으로
세 번 열 번 이 몸을 부르는 듯
어쩌랴,
소 엉덩짝만 이랴이랴 쳐버렸지요

° 꼴의 방언.

어여 오시게, 만주벌 치달리던 사람아

2

나이 어린,
빨치산의 눈물을
저문 해가 비추니
눈물은 피가 되어
붉은 산을 다 적시는데
오 산천이여
아버지여
더는
흘릴 눈물조차 없이
누가
언 손으로
썩은 나뭇잎 황토살° 긁어 파서
먼저 간 동지를 눕혔는지
과연 누가
솔나무 누룩나무 가시나무 가지에

° 황토 흙을 살로 육화해 표현한 말.

허연 옷자락 듬썩 찢어 묶어두고
언제 다시 오마던
가슴 타는 약속 남겨두었는지

오 압록이여
네가 흐른다
백년 천년 흙 묻은 발바닥들이
두리번두리번 건너다
얼마나 많은 피
얼마나 많은 눈물을 뿌렸는지
오 네가 흐른다
그런 핏물로 눈물로 덮여
이다지도 천 길을 서두르는 네가
아우성치며 흐른다

너는 알 것이다
누가 무릎까지 쌓이는 눈길을 거슬러
누가 만주 땅 안아보았는지
구부렁구부렁 산고개 넘다
돌아보면 지나온 고개는 얼마며
두고 온 코흘리개 자슥놈은 어떠하며
너는 알 것이다
그 눈길 눈물길

오직 빨치산이 되겠다던 사내 머리 우에
어디서 온 눈발이 쌓이는지
애타게 애타게
두고 온 병든 어미의 신음으로 와서
쌓이는 것은 또 아닌지

그러나
아버지여 맹세여
조선의 어둠이
백두를 두르고 감돌 땐
허기진 당신만이
백두산 이마 우에 우뚝 서
빼앗긴 조국 산천 둘러보았네

조선의 어둠이
천지 호수에 떨어질 땐
배곯은 당신만이
천지 물 한 줌 떠다가
어둠자락 씻는다 하였네

아버지여
당당하게 치켜든 당신의 깃발은
우리들 가슴마다에 남아 있네

아니 여기 조국 산하 곳곳에 휘날리고 있네
당신께서
핏발 선 눈으로 한없이 쳐다본
저 하늘 가운데에서
살마른° 빨치산 당신의 등짝을 가리우던
나무 나뭇잎에서
아니 산이면 산 강이면 강
돌 하나 풀 하나에서
아니 올망졸망 자욱 난 오솔길에도
백년을 허기진 깃발들 거듭 울려오네
아버지 당신의 발길로,
자랑으로

° 살이 없어 부쩍 마른 상태를 나타내는 말.

이 사람아, 시방도 지리산엔 비가 내리는가

3

아버지여
북쪽 들에는 웃음이 무성하나요

당신이 넘어간 산고개는
어느 메뿌리°를 세웠기에 저리 높은가요
북녘으로 머리를 두고
남녘으로 다리를 뻗고
누가 이마를 깎았기에 그토록 가파른가요
아비도 아재도
늙은 당숙도 넘어간
그 고개는
영영 돌아올 수 없는 그 깊은 고개는

어쩌지요
나이 어린 혼들이

° 솟구친 산봉우리나 산자락.

날지도 떠돌지도 못하고
땅살°에 반쯤 박혀 엎드려 있는데
어쩌지요
나이 어린 송장들이
제 몸도 가리지 못하고
앙상히 북쪽만 바라보고 섰는데

어쩌지요
파리한 죽창 하나 쑥대밭에 꽂혀
즐비한 시체를 지키는데
말없이 비껴 서서 눈물만 훔치는데
아니 깃발은 어데 두고 북쪽만 바라보는데
성난 비바람은 비린내를 핥고
외로운 빨치산의 분노로 하산하는데

저 산막엔 누가 또 살았길래
푸른 이끼만 시퍼렇게 자랐나요
누구의 얼굴로 두 눈 치뜨고 자랐나요
산새 하나도 멀리서 돌아가고
그 무섭다던 산짐승 발자취도
끊어진 지 오래건만

° 땅의 속살로 땅, 흙을 사람의 살로 비유한 말.

저 산막엔 누가 또 누웠나요

알지요
가난한 창자끼리 독기로 비틀어져
그 깊은 산에서
주먹 맞잡은 심정이야
더러는 죽고 더러는 살아서
동지의 핏빛 가슴을 밟고 넘는 발이야
아니 살 떨리는 분노가 넘쳐도
한 주먹 눈물을 훔쳐놓고
허리춤에 쓱쓱 문질러버리며
지나야 하는 가슴이야

알지요
뒹구는 혼들이 아우성치는 노한 밤에
지리산에도 비가 내리고
그런 굵은 빗물이 오래도록 계곡을 쓸면
피 썩은 비린내로 온 산이 몸을 떠는데
남은 빨치산만 아무 데나 앉아
서로의 눈물을 씻어주는 심정이야

그래요
이슬 젖은 뼈들이 달빛에 번득이고

피 젖은 살점이 썩어썩어
남쪽 언덕으로 소문되어 내려왔지요
어쩌지요
남은 아낙들은 창자가 뒤틀리는데
어쩌지요
북녘 소문에 떨리는 몸 잡지 못해서
해가 다 지도록
아득한 지리산 허리를 감고 섰는
어머니는 어쩌지요

쓸쓸한 울타리 비껴 싸립문 젖히면
짝 잃은 기러기 제 그림자를
질질 끌고 가는데
엄닌 봉창 문을 다 열어놓고
제 그림자를 보고 있지요

밤이면
또 외로 앉아
방망이만 두드리지요
떠난 지아비 옷가지를 꿈꾸듯이 두드리지요
섣달 바람이 째진 봉창 문을 비집고
그나마 닳은 등잔불을 흔들어대는데
행여 추위에 막혀 오던 길 돌아갈라

행여 어둠에 막혀 오던 길 돌아갈라
어머니는 방망이를 두드리지요
세상 막혀도 천 리 만 리 소리 길 내어
지아비 부르는 거지요

아버지여
당신이 있으니
사람 사는 집이 있고
길짐승 하나에도 신명이 있고
논밭에는 그나마 웃음이 있었지요

당신이 떠난
사랑방 개머슴 방에는
메주 두어 덩어리 못걸° 우에 걸려
갈라진 골짝마다 허연 꽃을 피우고
곰팡내인지 꼬랑내인지
주름진 당신 냄새로
아직껏 남아 코끝을 간질간질거리네요

당신이 떠난
대숲 우거진 이 마을에는

_____

° 뭔가를 걸어놓기 위하여 벽에 박아놓은 못.

햇그늘에 대숲이 북쪽으로 고개 돌리고
길다란 귀를 세워
긴긴 소문을 기다리고 섰지요
목이 가는 새들만 조잘조잘거리며
동구 밖을 넘나들고요

그래요
남은 사람들은
사는 대로 살아가지요
난리 통에도 깔 비러 가는 아이들이 있고
난리 통에도 쑥 캐러 가는 가시내들 있어
산가에 너즐어진
찔레순도 따 먹지요
온 산이 저물어가도록
찔레술°에 취해
내려오는 길엔 찔레 내음
풀풀 풍기고요

어머닌 쑥캥이° 칡캥이° 캐 먹다
온몸이 띵띵 부은 아들놈 살려야겠다고

° 찔레꽃과 열매로 담근 술로 찔레를 많이 먹어 취한 듯한 느낌을 표현한 것.
° 쑥뿌리의 방언.
° 칡뿌리의 방언.

쌀 한 줌 몰래몰래 꺼내놓고

오늘은 쌀죽을 끓인다지요

어쩌다 오른

밥 짓는 연기가

서리에 젖어 절룩절룩 머리를 푸네요

안개처럼 초가지붕을 덮기도 하고

구름처럼 감꽃을 휘어 감고

오랜 말을 하네요

지나던 아이가 보면 가까이도 내려오고

잠깐 헛눈을 팔면

간다는 말도 없이

벌써 저만치 가버리네요

기다란 머리는 누이를 닮고

집 밖을 빙빙 도는 것이 아비를 닮았네요

온몸을 뒤척거리는 뒷모습은

어미를 닮아

조금만 바람이 불어도 뛰어가고 마는

찾아보면 살강에서 울고 있는

어미를 닮아

오늘도 하늘가에 눈물을 뿌리고 마네요

온몸을 쪼개면서

아비 따라 북녘으로 사라지고 마네요

아버지여

북쪽 들엔 웃음소리 무성하나요

오월의 눈동자로다, 시퍼런 눈동자로다

4

백년산°에 버려진 돌이
백년을 울었지요
울다가 울다가
백년이나 늙었지요
아직도 다 울지 못해
만산에 살구꽃 피어 온 마을을 적셨지요
만산에 진달래 피어 온 사람을 불렀지요

아버지여
당신은 눈을 주셨지요
오월의 하늘이 보였지요
석수쟁이 묘비처럼 부연 얼굴로
움직일 줄도 모르는
난자당한
난자당한

° 오랜 세월 한 자리에 있었던 산을 비유적으로 나타낸 말.

저 오월의 하늘이 보였지요
그것은 피 젖은 갑오년의 발길
발길이었지요
그것은 나이 어린 빨치산의 주먹
주먹이었지요
기어코 6월로 만나는
핏줄 한 덩이였지요

아버지여
당신은 귀를 주셨지요
떼죽음당하고 암매장당한 거기
지금도 변두리 기슭에선
논두렁이나 산밭 모퉁이 매다가도
땅이나 샘을 파다가도
몇십 구씩 허연 뼈들이 속창°을 파
설죽은 아버지의 신음을 내고 있지요

아버지여
당신은 가슴을 주셨지요
아들놈 주검 앞에서
"네가 흘린 눈물은

° 속껍질의 방언.

네 작은 주먹처럼 서러운 통곡이지만
내가 돌아서 흘린 눈물은 피
너에게 보여줄 수 없는 부끄러운 피"라며
손가락을 깨무시는 아버지의
사무치는 오십 년 한이었지요

아버지여
죽고 죽어서
이어온 숨결이여
당신은 죽어서가 아니라
살아서 여기 있습니다
우리들 억센 주먹 속에
환한 봄날로

서시
2

죽어서 말하누나

해방이 뭣이다요
실머리° 엉키듯 질질 끌려나간
징용 간 범팽이° 석만이가 돌아와서
둔동아짐이 북간도에서 돌아와서
아니 판옥이 성님이 서대문형무소에서
안 죽고 살아왔당께 고것이 해방이요?
어이 마시 자네는 김상이 아니고 김씨인 거여
그리여 그렁갑네 이 작은 마을에도
실머리 감듯 질질 돌아온 사람들이
태극기도 봤다 하고
동해물과 백두산을 부르고 난리다는디
고런 것이 해방이다요
나 참, 창자를 쥐어뜯는 서러움은
언제나 해방이 될까잉!

맞는 말이네
여그 탄광촌에 처백힌 사람이야

° 실마리의 방언.
° 반편이(보통 사람보다 지능이 낮은 사람)의 방언.

소작쟁이 중에서도 상거지 출신이제

징용 갔다 만주서 기적처럼 살아온 사람

노역 갔다 일본서 뼛골 녹아 돌아온 사람

그런 사람들이야 주인나리 자슥놈 대신 끌려간

가난한 소작쟁이제

와봤자 밥 묵고 살기는 핑야° 일반이고

맞는 말이네

여그 탄광촌에 처백힌 우리들이야

몸 하나로도 시상 돌아가는 꼴 알고도 남제

왼종일 탄 파서 지게다 져 나르고

사람이 서서 못 다닐 정도로

깊고 낮은 막장 일이야

탄을 파서 줄줄이 이어이어 밖으로 꺼내야제

한 삽 한 삽 천 삽 만 삽으로 꺼내야제

어디 그러다 무너져보소

철구루마가 있다지만

우리네 막가는 인생이야 거그서 종친 거제

말도 마세

어디 속 터질 일이 한두 가지인가

해방이 뭣인지 모르지만

이미 싹수가 텄응게

° 내나(결국에 가서는)의 방언.

글씨 일본 시상이 갔다는디
아 일본놈 앞잽이들 기세 좀 보소

와따 헐 말이야 끝도 없이 많제
그란디 이것은 죽어도 말해야것네
그랑께 그때가 해방 1주년 기념식이라고
모다덜 가보자고 난리 법석이었응께
46년 8월 15일 잉마
해서 우리 화순탄광 노동자 삼천여 명이
새벽부텀 얼굴을 대충들 씻고 채비를 했제
그랑께 조선민주주의민족전선인가 하는 디서
주최를 한 것인디 광주서 한다등만
그래서 화순 잣고개 넘어서
막 광주로 줄줄이 넘어갈 판인디
미군들이 못 가게 막어버리네
대충 실랑이를 벌임시롱 듣고봉께
아 좌익이 주최한 것잉께 돌아가라네
어따 좌익이 뭐시고 우익이 뭐시여
조선사람이 조선해방 기념하러 가는디
어디 총뿌리를 앞세우고
가는 길을 막아선단 말인가
말도 안 되는 일이니께
그냥 밀어붙여서 넘어가고 말았제

와따 광주 강께 난리대

코 흘린 어린애와 흙 묻은 아낙이 손잡고 있고

논두렁에서 금방 나온 핫바지들이 줄줄하고

죽음꽃 핀 할아버지 할머니들 얼굴에도

억세디 억센 마른 웃음으로 가득 차서

와따 우리네 어머니들 젖무덤이랄까

밤새 울고 싶고

밤새 껴안고 싶고

밤새 입 맞춰도 속이 다 안 풀릴

바로 거기가 우리들의 고향 같았제

우리들 논바닥 우리들 하늘 같았제

와따메 오지등만

해방이라고 만세들 불러쌓고

이 땅에 노동자 농민들은 손 마주 잡고

제 땅 한번 갈아보며 살자고

하여 비린내 나는 머슴살이 끝내자고

삼대 오대째 기어 사는 노예살이

사시사철 뼈 빠지는 노예살이 이제는 끝내자고

와따 노동자 만세를 불러쌓고

와따 농민 만세를 불러쌓고

맞네 맞어 그때사 알았제

해방이 뭐신 줄

벅찬 가슴으로 그때사 깨달은 거제

아아 그러나
돌아오는 길이었제
조선사람이 조선의 해방기념식장에서
떨리는 손들 잡고 돌아오는 길이었제
저마다 한마디씩 득시글거려쌓고
누군가 가늘게 녹두장군° 노래도 불렀제
몇은 따라 부르기도 하고
몇은 아픈 노래 듣다가 그만
눈시울을 적시기도 하였건만
구시렁구시렁 소리에 가늘게만 묻혀갔제

새야새야 파랑새야
녹두밭에 앉지마라
녹두꽃이 떨어지면
청포장수 울고간다

노래가 막 끝났을까 바로 그때였네
앞에서 미군들이 길 막고 섰대
총을 꼬나들고 무시무시한 전차까지 세워놓고

° 전봉준의 다른 이름. 어릴 때 키가 작아 사람들이 그를 녹두라 부른 것에서 유래함.

38

우릴 기다리고 있었제

그들에게 반항한 것도 아닌데

아무런 죄도 없는 우리들을 향하여

무차별 발사를 했제

아 하나씩 하나씩 논두렁에도

밭 가상이°에도 꼬꾸라져 생피를 쏟고

더러는 다리 절며 대밭으로 기어가고

더러는 오던 길로 돌아가도 보았지만

끝내는 피가 튀어 맨땅을 뒹굴고

기적처럼 살아남은 자들만

파랗게 질린 몸뚱이로 돌아와

흙살°을 쥐어짜며 통곡을 했제

고것이 잊을래야 잊을 수 없는

우리네 화순항쟁 아니것능가

모후산°의 굵은 비가 백년을 내려도

지워지지 않을

백아산°의 폭설이 천년을 쏟아져도

지울 수 없는

그것은 나뭇잎 하나에도 시푸른 하늘에도

° 가장자리의 방언.

° 흙을 일컫는 시적 표현 또는 돌이 섞이지 않은 흙의 부드러운 상태나 정도.

° 전라남도 화순군에 있는 산.

° 전라남도 화순군에 있는 산.

산이면 산 바람이면 바람에도

깊게 깊게 새겨놓은

우리네 광부들 분노가 아니것능가

서시
3

넋이야 넋이로다
—씻김굿°

제해 보살 제해 보살이로구나 나무여 어허 어허 어히—
어허허허허로구나 단야 어허허어로구나 나무 나무여 아
미타불

넋이로다 넋이로다 넋인 줄 몰랐더니 오늘 보니 넋이로
구나
신이로다 신이로다 신인 줄 몰랐더니 오늘 보니 신이로
구나
저 넋이 뉘 넋인가 가련하다 인생 죽음
넋일랑은 모셨으니 왕생극락을 가옵소서

넋이야 넋이로구나 이 넋이가 누 넋인고
동학아비 넋이로구나 우금치에 질척이는
우리아비 핏물이구나 한울님이 백성이다는
만고강산 죽창이구나 죽창속에 봄이구나
넋이야 넋이로구나 이 넋이는 누 넋인고
만주벌판 치달리다 일본놈들 총칼 박힌

° 전라도 지역에서 죽은 이의 영혼을 일정한 절차를 밟아 저승으로 인도하기
위해 행하는 무속 의례로, 몸을 씻는 굿이다.

우리아비 속살이구나 생가슴속 생피구나

넋이야 넋이로구나 이 넋이는 누 넋인고

빨치산네 넋이로구나 지리산에 너즐어진

우리아비 깃발이구나 삼사백날 아우성이구나

넋이야 넋이로구나 이 넋이는 누 넋인고

우리아비 발길이구나 금남로에 펄펄 살은

난자당한 오월이구나 복받치는 설움이구나

에라에라 넋이로구나

넋일랑은 모셔다가 넋상에 모셔놓고

혼일랑은 모셔다가 혼판에 모셔놓고

시췔랑은 모셔다가 화개화판에 모셔놓세

가자서라 가자서라 넋 맞으러 가자서라

금일날에 이 망자는 이승길을 마다하고 저승길이 웬말
이냐

천년만년 넋풀이를 우리들이 하자서라

죽창들고 하자서라 총칼들고 하자서라

맺힌한을 풀때까지 우리네들 주먹속에

천추한으로 불타숩사 가자서라 가자서라

우리아비 넋풀이를 이제라도 하자서라

천근이야 천근이야 민중세상 밝아오는

천근이로구나

가자서라 가자서라 썻기영산 가자서라

43

가자서라 가자서라 반야용선 가자서라
원한이야 원한이야 천상천하 원한이야
망자같이 서를소냐 아비같이 서를소냐
가는 자취 남겼다고 오는 흔적 보일소냐
인생 한번 죽어지면 다시 오기 어려워라
북망산천 돌아가서 사토로 집을 짓고
송죽으로 울을 삼아 두견이 벗이 되어
노래한들 무엇하랴 춤을 춘들 무엇하랴
죽은 후에 만반진수 살은 한을 어찌풀리
가자서라 가자서라 쑥물로 씻어내고
맑은 물로 목욕하고 향물로 씻어내어
씻김천도 가자서라 왕생극락 가자서라
천근이야 천근이야 민중세상 다가와서
우리아비 한을 풀어 극락세상 천근이야
왕생극락 천근이야

에라 만수 에라 대신이야
대활연으로 설설이 나리소사
이 고는 무슨 고인고
불쌍하신 동학항쟁 아비고는
불쌍하신 빨치산항쟁 아비고는
불쌍하신 오월항쟁 아비고는
원한졌다 원한고 신원졌다 신원고

매긴 고를 풀러 가세 설설이 풀립소사
불쌍하신 망자씨가 어느고에가 맺히셨오
저승고에가 맺히셨오 산신고에가 맺히셨오
저승고에 맺히시고 산신고에 맺히시면
가실극락 못가시고 집 안으로 감돌아서
자손에 근심을 연답니다
원한고에가 맺히시고 해원고에가 맺히시면
가실생왕을 못 가시고 집 안으로 감돌아서
자손에 우환을 연답니다
천고만고 맺힌 고를 금일금시로 풀으시고
가사에 근심걱정 우환잡작 희살여물
일체소멸 시키시고 새왕극락으로 가옵소사
에라 만수 에라 대신이야
대활연으로 설설이 풀리소사

작별이야 작별이야 조상불러 작별이야
동지불러 작별이야 일가친척 작별이야
부모형제 작별이야 동네방네 작별이요
민중세상 다왔다고 왕생극락 가신다며
작별이로구나
작별이야 작별이야

제
1
장

석아, 누가 몸 풀어 바람 한 줄기로 태어났느냐

1

지리산 백아산 봉우리마다
구름이 허연 무명베 두르고
여기 모후산 머리까지
긴 다리를 터억 걸쳐놓았어라

백년 숲 천년 숲이 있어
작은 새들 자주 왔다가 가고
풀꽃 하나도 살아
구름담쟁이 너머로 기어오르고

백년 바람이 내려왔네
남쪽 잔등을 타고 백년을 내려와선
가슴 저린 세상살이 다 보았네

도스께끼(전진)!
도스께끼(전진)!

서까래 열댓 개로 엮은 학교에서
열댓 살 아이들이 목총 들고
헐벗은 기운으로 외치는 소리
운동장 가상이에선
관솔기름° 피마주기름°도 짜는데
튼 손을 호호 부는 폼이
여나믄 살이나 됐을까

멀리서 누군가 또 가는데
황톳길 속살을 말없이 밟고
지게송장°이 가는데
대발로 둘둘 말아서 간다지만
긴 모가지 덜렁덜렁 다 내놓고
살은 설움이
죽은 설움이 그렇게만 가는데
저 아이들은 알고 있을까

해진 옷에 배꼽 다 내놓고
저물녘에사

◦ 송진이 많이 엉긴 소나무의 가지나 옹이에서 짠 기름. 일본 제국주의에 공출로
   바친 기름.
◦ 아주까리로 짠 기름으로 피마자기름을 이름.
◦ 가난한 사람의 초라한 죽음으로 사람의 시신을 지게로 나르는 것을 비유.

돌아오는 아이들은
논고랑에 자운영꽃 피고 지는 것을
보기나 했을까
뙷장밭°에 띠뿌리°나 캐먹고
절레절레 오는 동안
죽은 지 아비 생각이나 했을까

몰라
번득번득 긴 칼 찬 순사나 생각하다
오던 걸음도 멈추고
두리번두리번거렸을지 몰라
몰라
살 떨린 작은 가슴팍 숨기려고
당산나무 보이도록
마구 달렸을지 몰라

2

모르지

° 떼밭의 방언.
° 들이나 길가에 흔히 나는 포아과의 여러해살이 풀의 뿌리로, 어린 싹을 삘기라
  고도 함.

열두 살 석이는 모르지
범팽이 당촌아짐 집 밑에 거기
쬐끔만한 오두막집 사는 석이는
아무것도 모르지
죽은 지 아비가 장가올 때
바지게에 검정 가마솥 하나
덜렁 싣고 온 것도
누가 볼세라 보릿대로 덮어서
몰래몰래 싣고 온 것도 모르지
모르지
지 어미가 시집올 때
비틀진 오가리에 된장 반쯤 담아와서
몰래몰래 살아온 것도 모르지
하물며 오두막집 좁은 구석에서
그 흔한 들쥐가 새끼를 치듯
지를 낳고 먼 산 본 엄니 마음이야
더구나 모르지

애비 없이 자란 석이는
꼬라지°가 고약하지
왼종일 재앙° 떨다가

° 성깔의 방언.
° 말썽의 다른 표현.

홀로된 엄니한테 모둠매°를 맞고 살지

간숙이아재 무시밭°에 구덩이 파놓고
우에다 사알짝 짚싸래기 덮어놓지
거기에 개울물도 퍼다 담고
지보다 좋은 옷 입은 애들 데리고 가지

밭에 가서 외 따 묵고
주인집 병아리 새끼 잡아다가
뒷산 버버리°나 갖다주고
쌀도 몰래몰래 퍼서는
외남아재 줘버리고
낫이나 호미도 탁탁 오그려서
엿장수 오길 기다리지

풍 걸린 당촌아재 집에 가서
대추나무 흔들어불고
먹다먹다 지치면 주머니에 쓸어 담지
풍 걸린 당촌아재야
손만 내젓다가 돌아누워 버리고

---

o 심하게 맞는 뭇매.
o 무밭.
o 벙어리의 방언.

52

화순양반 담벼락 넘어서는
곶감 한 접 훔쳐오지
밤새 다 묵고 대밭머리에
곶감씨 휙 잡아 던져버리지
화순양반이야
이놈밖에 그럴 놈이 없다고
뒷짐 지고 와서는 에헴에헴
방장을 떠들어보고
주머니에 손 찔러봐도
곶감씨는 찾을 수 없지
석이야 시치미 뚝 잡아떼고
"화순양반 왜 그러시오"
"그냥 와봤다"
"그라요 나는 깔 비러 갈라요"

잠이야
동네 어른들이 놀다 가버리면
멍석으로 둘둘 말아서 코를 골지
온몸을 뜩뜩 긁고 자다가
일어나서 멍석을 손으로 쓸어보면
이가 허옇게 쓸어 모아지지

오옴은 올라서 토돌토돌° 대고
눈은 안질 걸려 눈껍이 더덕더덕
벌건 눈으로 하루를 살지

일이야
새벽같이 꾸정물통 내저어서 소 먹이고
칙간° 독아지 다 푸고
똥장군 지어다가 배추밭에 뿌리고
깔 비고 나무 하고
어른처럼 일해야 하지

3

띠바우나 범팽이 머슴이야
맨날 사랑방에 엎드려
고픈 배 쥐고 뒹굴지만
어린 미순이야 온몸이 띵띵 부어
쑤시나무 쪽쪽 빨고
옆집 유촌아짐이 쑤시죽° 끓여서 안 준다고

° 작게 도톨도톨 튀어나온 모습.
° 변소를 이르는 측간의 방언.
° 수수죽.

흙토방에 앉은 채로 운다지만
석이야
개울가에 찔구° 새순 길게길게 올라오면
찔구껍질 벗겨서 먹고
뙷장밭에 삘기야 맨날 먹네

지게 하나 덜렁 지고 깔 비러 가는 길에
산때알°이 빨갛게 알몸을 내놓으면
하나둘 따먹다 온 산을 다 헤매서 배 채우고
내려오는 길엔 아픈 배 쥐고
똥만 싸네
산때알 그대로 빨간 똥을 싸네

물오른 생키°도 툭 끊어서
낫으로 슬슬 벗기면
속살만 허옇게 나오지
에라 한 입 넣으면 물이 지글지글 나오고

칡이야
나무칡은 지게에 덜렁 싣고

° 찔레의 방언.
° 산딸기의 방언.
° 소나무 속껍질.

밥칢 물칢만 작은 손에 오지게 들고
질컹질컹 배 채우며 내려오네

해 저물녘 깔 비어놓고는
냇가에 가서 돌을 휙 잡아 던지네
고기야 후들후들 돌 밑에 숨고
그때면 손을 사알짝 넣고 기다리네
따뜻한 손으로 굼질굼질 들어올 때면
"어따 주인을 아는 모양이여"
까르륵 웃어쌓고

어쩔 땐
냇가에 돌덩이 짱돌로 뚜들겨놓네
고기가 기절해서
허연 배를 다 내놓고 둥둥 뜰 때까지
고 작은 손이 저리고 저리도록

가을에야
누런 나락이 생목°을 수그리면
논고랑에 물을 왼종일 퍼올리네
미꾸라지가 득실득실 맨땅을 튈 때까지

———————
° 살아 있는 목숨.

논 가상이에 시암물°도 모두 퍼올리네

땡볕 여름 한나절엔
애들 데리고 수박서리도 하네
산몰랭이° 산수박 따서
밑으로 굴리면 동무 열이는 받고
석이는 망보면 되네
오는 길엔 산머루 넝쿨째 캐오고

보름달이 떠서 고샅까지 비칠 땐
아이들은 짚토미° 삥 둘러서 숨바꼭질하네
술래는 동네방네 헤매는데
누구는 골방에 처박혀 숨겨놓은 고구마 꺼내
바짓가랑이에 쓰윽 닦어 주섬주섬 먹고
석이는 김가네 담벼락 넘어
살강에 가서 더듬더듬
소뚜방° 바구리 다 열어보고

칡캥이 풀캥이만 먹다 보니

○   샘물의 방언
○   산마루의 방언
○   짚더미의 방언. 볏가리.
○   소댕(솥을 덮는 뚜껑)의 방언.

온몸이 띵띵 부어
헐운 무명 팬티가 빡빡히 차서 작네
그때면 양지 든 풀밭에 앉아
부은 살을 꼬옥 눌러보네
살 속으로 손가락이 쑤욱 들어가는 게
참 재미나네
그래도 먹을 것이 생각나네
뱀을 잡아먹을거나
개구릴 잡아먹을거나
잡아서 오가리°에 담고
바글바글 끓여서 쌀뜨물처럼
부연 기름이 둥둥 뜨면 아흐
닭고기마냥 씹히는 뒷다리가 아흐
그래 개구리나 잡아묵자

4

깔내기°를 하지
다섯 주먹씩 깔 비어놓고
낫을 휙 잡아 던지면

° 항아리의 방언.
° 말이나 소를 먹이려고 벤 풀을 걸고 하는 내기.

뱅뱅 돌다가 낫이 땅살을 박지
꽂히면 이긴 거고 자빠지면 진 거고
어쩔 땐 깔을 다 잃어서
빈 망태로 돌아와 몰래몰래 싸립문 열고
어쩔 땐 많이 따서
한 망태 가득 담어 나머진 풀개평° 주고
자랑처럼 싸립문 꽝 열어제끼지

소 뜯기고 돌아오는 날 저문 길엔
겁 많은 소가 갑자기 달릴 때도 있지
석이야 고삐를 놓지 않으려고
질질 끌려서 집에까지 오고
물팍은 다 까져서 피범벅이 되었는데
어쩌다 소 등에도 타보면
소가 펄쩍펄쩍 난리 법석을 떨어
석이야 논두렁에 넘어지고
갱변°에 넘어져 이마가 다 까져도
대가리 터지면 된장 바르면 그만
어쩌다 낫에 손 비면
쑥이나 담뱃재 가루 붙이면 그만이고

◦ 내기에서 풀을 다 잃게 되었을 때 풀을 딴 사람의 몫에서 조금 얻어 갖는 일이
나 꼴 베는 머슴들이 서로 적게 벤 사람에게 공으로 꼴을 나누어주는 일.
◦ 강변의 방언.

손이 트면 어때
따스한 소죽물°에 담가서
생돌°로 때 벗기면 그만
그래도 손이 트면 어때
오줌물 팔팔 끓여서 벗겨내면 그만
그래도 트면 질질 피 흘리면 그만

배만 좀 불러봐
밤나무골에 다람쥐 잡으러도 가지
애들 몇이 둘러서 돌을 막 던지며
작은 나무로 몰아가지
가서는 냅다 흔들어불고
떨어진 다람쥐야 잡으면 그만
못 잡으면 그걸로 그만
돌아오는 길에 놓아주기도 하고
배만 좀 불러봐

머시매면 어때
드들방아도 찧고
미순이 따라 나물도 캐러 가고

° 쇠죽을 쑤는 데 쓰는 쌀뜨물이나 개숫물.
° 거칠거칠한 화강암류의 쑥돌.

고무줄놀이도 가시내처럼 하고
누이 따라 앉아서 오줌도 누고

언젠가 아비는 배가 아파서
꼬막껍질 굴껍질이 좋다고
갈아서도 드셨다지만
엄니는 웬걸 통 소다만 드시지
석이야
구렁이를 잡겠다고 한나절 산씨름°도 하고

이런 때도 있어
깔 비러 가서 낫으로 우리말도 써보고
누가 볼세라 조심 슬쩍 써보고
얼른 발로 문대버리지
언젠가는 녹두장군 이름도 써보았지
고부 들 그 신나는 호랭이 이야기에
지도 커서 장군이 되고 싶었지
호랭이가 되어
너른 들판에 떠억하니 눕고 싶었지

° 산과 힘을 겨루는 일.

5

석이 누이는 미순이
이쁘고 순한 것이 진짜 미순이
고것이 대바구니에 풀 뜯어 오다
산비탈에 넘어져 굴러버렸어
소나무 아래서
아버지 아버지 부르며
저물도록 울었어
없는 아버지가 서러워서 그렇게 울었어

미순이는 알아
홀로된 엄니가 밭 매다가
새참 때 한 번씩 젖 먹여서
안 나오는 젖 억지로 먹여서
여태껏 살아온 걸 알아
혼자서 밭 가상이에 앉아
뚝배기나 사발 깨진 거 모아
밑둥치는 떡시루로 쓰고
나머지 깨진 조각은 밥그릇 국그릇 만들어
우에다가 흙을 싸서 밥도 떡도 만들어놓고
야금야금 지 혼자 다 먹었어
나뭇가지 주워서 풀로 칭칭 감아

신랑 각시도 만들어 혼례도 치르지
그래 댕기풀이도 시키지
신랑 발바닥을 냅다 때리면서
지가 신랑되어 울어주고
지가 각시되어 울상도 짓고
미순이는 그렇게 커온 걸 알아

석이는 겹쟁이라 놀려대지
문둥이 동냥치가 으스스 흙담을 넘고
세 개 남은 손가락으로 된장을 퍼갈 때
칙간에 간 미순인 생발°이 얼어
앉은 채로 가마니 꼬리만 부여잡고
새벽까지 새우다 그만 주저앉은
미순일 겹쟁이라 놀려대지

6

홀로된 엄니에겐
그믐밤이 길어
남편도 없는 그믐밤이 너무도 길어

° 아프거나 다치거나 하지 않은 멀쩡한 발.

등잔걸이에 비친 모습이야
아니 베갯머리에 떨어지는 눈물방울이야
마디마디 뚝뚝 떨어지는 꼴이
서럽게 길고 길어
아침 해가 떠오를 때까지
그믐밤은
너무도 길어
밤새 뒤채이는 엄니를 닮아
서럽게 길고 길어

잡풀 하나도 쌍을 이루어 피고
잡새 하나도 쌍을 이루어 나는데
달아
슬픈 달아
엄니와 너만 돌아갈 길 잊을세라
삼백 날 두 눈 치뜨고 섰구나

어여라 만상
기다란 서까래 귀퉁이에
제비가 집 짓거늘
한나절이 흐르도록 수십 번씩 흙을 물고
암수가 돌아가며 오고 가지
어느새 울타리도 쳐놓고

저만치서 서로서로 재재재거리고

어여라 만상
처마 밑에선 제비 새끼들
재재재
어미가 물어다 준 먹이를 서로 먹겠다고
재재재 재재재 난리인데
엄니야 행여
아이들 눈이라도 마주칠 땐
가슴이 갈라져 고개 돌리네
아이는 창자가 뒤집혀도 입술만 깨물고

가까이서 새푸른 아지랑이가
엄니처럼 가늘게 떠네
보리꽃°이면 보리꽃
찔레꽃이면 찔레꽃
한 가닥 바람에도 엄니 닮아 떠네
어찌 참으리
홀로된 외로움이 야윈 몸을 두르고도 모자라
새끼들만 멀거니 바라보며
눈물 흘릴 겨를조차 없으니

° 익은 보리의 이삭.

그걸 어이 참으리

뒷집 둔동댁이야 내빨라고 한다네
이런 가난 이런 과부살이 싫어서
멀리멀리 내빨라고 한다네
갈 수만 있다면
광주가 서울이 어디로 가는지만 안다면
내빨라고 한다네

건너치° 다산댁이야 이런 말도 했다네
오메, 가뭄 끝에 단비라고
과부살이 십여 년에 곰보면 어쩌
정정한 하나씨°만 봐도 오금이 다 저리고
열다섯 총각을 봐도 사내 욕심이
물씬물씬 오르는 판에
에이 산막에 곰보총각 봐놓았다고
봐도 못 본 척 눈 한번 감아주라 했다네

어진 엄니야
넋 잃은 눈동자만
멀고 먼 백릿길 금시 달려가네

° 건너편에 사는 사람.
° 할아버지.

지아비 그리움으로 달려가네
치렁치렁한 머리카락
손가락으로 버릇처럼 쓸어 넘기면
엊그제 못 보던 살주름만 늘어가는데

엄니야
새벽녘까지 베를 짜네
소쩍새 새벽소리
소쩍소쩍 들리면
지아비 생각에 타령을 하네
아고아고 새야 새야 타령을 하네
그러다 끝내 흐느끼고
우는 소리에 잠 깬
미순이도 따라 같이 울고
껴안은 두 어깨가 들썩들썩
어진 엄니야
금시 자자 자자 하며 누워서도
베갯머리엔 눈물 젖은 흔적이
그렇게 그렇게만 남고

7

언젠가 할매는 감나무 심었시야
뒷마당 발꿈치에 다둑다둑° 심었시야
서너 해만 지나보소
여름내 뒷마루를 그늘지게 하다가
가실°엔 붉은 감 주렁주렁 열리게 할 것이
할매는 말이여 고맙게만 심었시야
그란디 감꽃은
피기도 전에 꺾여버렸시야
자슥놈맹키로 꺾여버렸시야

어쩌면 좋아
외양간 구석에는 소가 누워
자는 듯 마는 듯 햇살 아래 졸고
가끔씩 후려치는 꼬리를 피해
쇠파리만 더덕더덕 붙어 꿈틀대고
달포 된 송아지야 어미를 빙빙 돌고
어미소는 대견한 듯 새끼소 바라보는데

어쩌면 좋아

° 계속 눌러 다지는 모습.
° 가을의 방언.

68

먼저 간 자식 생각에
산밭에 아무렇게나 누울 때면
멀리서엔 벌써 햇살이 비끼는데
에라 팔자 사나운 년
에라 팔자 사나운 년
어두운 바람만 귓볼을 때리는데

어쩌면 좋아
괭이로 긁어 판 석 자 고랑이야
하물며 거기 누운 자슥놈이야
누가 무덤이라 하고
누가 무덤이 아니라 하리

새푸른 아지랑이야
아롱아롱 까불지 마라
바람에 누운 풀꽃들이
끌끌 혀를 찬다네
할매만 무덤가에 퍼질러 앉아
기나긴 곡을 한다네

"이눔아
어쩌면 좋으냐
니놈만 바라보며 갈기갈기 애타는 내 마음을

어쩌면 좋으냐
어둠이 가리는구나
이눔아
밤바람이 차면 니 삭신 감싸거라
행여 이년일랑 생각 말고
이년 가슴팍 불러내 니 삭신 덮거라
내가 죽일 년이지
내가 죽일 년이지"
할매는 기인 곡을 하다가
뉘엿뉘엿 돌아오고

그런 할매 우리 할매
노망을 했네
아무거나 주워서 묵어불고
똥을 싸서 방 벽에다 문대불고
종이 방바닥도 뜯어 묵네
장광°에 가서 묵은지도 한 포기씩 꺼내 묵고
꾸정물도 퍼서 한 박아치씩 마셔불고
똥을 질질 싸서 그나마 또 묵어부네

토방마루 밑으로 기어기어 들어갈 때

———

° 장독대의 방언.

"뭣 하러 들어가시요"
"호미 갖고 솔°비러 갈란다"
살강에서 바구니 질질 끄집고
비척비척 나오실 때
"어따 뭣 하러 가요"
"실가리° 뜯으러 간다"
어린 미순이가 놀고 있을 땐
엄니가 "우리 집 막둥이요" 말해줘도
"그러냐 저것이 언제 그리 컸다냐" 해놓고도
금시 잊어버리고는
"뭔 애기가 해 넘어가도 안 간다냐
후이여 느그 집 가그라"
어쩌다 종이가 있어 주어도
무엇을 막 뒤지러 다녀서
"뭣 찾으시오"
"똥 쌀라고 지푸락° 찾는다"

엄니는 기저귀를 채워주었네
사랑방에 모셔놓고
방문고리 울며울며 걸어두었네

° 부추의 방언.
° 시래기의 방언.
° 지푸라기의 방언.

그런 할매 우리 할매야
판옥아 판옥아
죽은 자슥놈만 왼종일 불러대고
잠이야 자는 둥 마는 둥
오살놈의 꿈만 오살라게 꾸지
빈 상에 고봉밥이 오르고
자슥놈이 신나서 고추를 따오는데
분명 된장 맛이 꿀맛인데도
씹어도 씹어도 씹히질 않고

동네 사람들은 혀를 끌끌 차네
저 좋은 양반이 부처죽음° 헐 것인디
이놈의 더런 시상이
팔자 한번 더럽게도 사납게 맨들었다고
싸립을 드나들며 혀를 끌끌 차네

그런 할매 우리 할매
쏘시때°만큼 마르더니 가네
지아비한테 간 것인가
지 자슥한테 간 것인가
간다는 말도 없이

° 가만히 앉아서 점잖고 편안하게 죽는 모습.
° 수숫대의 방언.

저문 들처럼 살다가
저문 들처럼 갔네

주산골° 산 자욱들 두리뭉술 남겨놓고
전라도땅 후여후여 떠나갔네
숨 맥혀 지낸 진창길 육십 년에
지아비 보내놓고
지 자슥 보내놓고
북당골° 산밭머리 휘이 둘러보며
이젠 당신도 따라갔네

갔네
둘둘 말은 멍석말이로 어이어이 갔네
이제 가면 언제 오나 어허허야
이제 가면 오지는 마소 어허허야
끈덕끈덕 지게송장으로 갔네

어여라 꽃등°이라도 밝혀야지
일본 시상 넘기 전에
배고픈 시상 넘기 전에

° 전라남도 화순군 동복면 주산마을 골짜기.
° 전라남도 화순군 동복면 북당마을 골짜기.
° 꽃무늬가 그려져 있는 종이로 만든 등.

어여라 꽃등이라도 밝혀야지
가는 길 천릿길 후여후여 뚫어야지
가다가다 갈 수 없는 걸음 남거든
덩더쿵 뒤돌아 꽃불춤° 추어야지
온 산하 불 질러야지

° 격렬한 춤으로 불춤을 비유한 말.

제
2
장

사평아재, 싸게 와서 이야그 한 자락 펼쳐보소

1

석이는 사평아재를 기다리지
평양으로 청진으로 가서는
큰 산 뚫어 물 빼내는 일도 했다는
그런 신명 난 이야기를 기다리지
아이들은 밤새도록 닦달을 하고
구석에 쪼그려 앉은 가시내들도
그러고요 그러고요 하며 말꼬리 늘이고
거기서는 차도 다닌다 했지
"차가 뭐여라우?"
"소 구루마 같은 것이 오살나게 빠른데
가시내들이 차장을 한단다"
"차장이 주인이지라우?"
"아녀 돈 받아 태워주고 내려주는 노동자여"
"노동자는 뭣인디라우?"
"종이여"
거기엔 공장도 많다는데
공장이 학교만큼 크다며 웃어주었지

"근데 거그는 잘살 것지라우?"
"거기엔 농사가 별로 없어야
그래도 여그처럼 칡캥이나 나물이 아닌
하루 걸러 조밥도 먹는단다"
석이는 사평아재가 자랑이지
따뜻한 봄날 아침에 핑 가서는
시월 그믐께면 이것저것 함빡 사올
사평아재가
언젠가 지도 데리고 갈 거라며
삼백 날을 기다리는 자랑이지

2

누런 코 훔친 열두 살 가시내들이
고사리손 호호 불던 머시매들이
저마다 흙 묻은 짚세기 신을 끌고
어머니 가슴밭으로 돌아가면
사평아재는 슬슬
진짜배기 이야기 보따리를
슬금슬금 풀어놓기 시작한다

"석아

시방 시상은 말이다
한 치 앞도 보이지 않는 시상이여
너도 들어봤지야?
장터 옆댕이° 주재소를 습격하고
핏발 선 쪽발이 군대를
한나절에 들이치기도 하는
조선의 독립군들"

거기엔 소년도 있다네
얼어붙은 압록을 건너다
고사리 같은 발마저 얼어
새끼발들이 쩍쩍 갈라지는데
오직 어미아비 원수를 갚겠다고
절룩절룩 먼 길 나선
이름 모를 소년도 있다네
말도 말아야지
허기진 배 수십 날 움켜쥐고
총총히 나선 북풍길 사나운 길
홀로 거슬러온 소년
열두 살 소년

° 옆을 속되게 이르는 말.

산사람°이 된 사람들은
소년을 유격대라 불러준다네
낙엽이 두근두근 떨어지는 늦가을에
소년 먼저 낙엽을 덮어 재우고
행여 개울가에 잡목 깔아놓고 누울 땐
행여 밤이슬에 떨라
서로 먼저 제 품에 안을 소년을
사람들은 자랑스런 소년대°라 불러준다네

3

거기엔 흙처녀°도 있었다

흙탕물 사이로
아비가 숨고 달아났다
일본 헌병에 질질 끌려가던 엄니도
저 흙잔등° 너머로 갔고
징징 우는 아이를 업고서

° 빨치산을 이르는 말.
° 소년유격대의 줄임말.
° 농사를 짓는 처녀.
° 흙으로 된 고개.

79

엄니 온다 엄니 온다 달래며
당산나무 아래서 목 빠지게 내다본
황토빛 처녀

그래
아비는 빨치산
삼백예순 날 감시당하던 그 고개
다시는 넘어오지 않았고
엄니는 빨치산 예편네라고 끌려가더니
맞아 죽었다는 소문만
구시렁구시렁
그 고개를 넘어왔다

여인은 빨치산이 되었다
북풍에 오돌오돌 떨다가도
떵떵 얼어붙은 감자 하나
들쥐처럼 갉아 먹다가도
문득
빨치산이란 말만으로도
서러웠던

얼어붙은 달거리마저 잊은 듯
끝없이 가고 가는 길

동지들의 시체를 밟고 넘는 길
총 맞은 다리 묶어주고
총 맞은 허리에 쑥찜을 대주다가도
머리가 터져 허연 골이 보인 채
죽어야 할 동지에겐 차라리
아 차라리 권총을 빼들고
쏘아주어야만 하는 여인은
조선의
조선의 여자 빨치산이었다

4

유격대
집이나 방도 아닌
어둡고 시린 산막이나
부르튼 손가락 발가락들로 긁어 판
길고 서러운 석 자 토굴 속에
짚세기나 들풀 깔고
그냥그냥 누웠거나
맨땅에 모포 하나 덜렁 쓰고
삼삼오오 앉아
내일의 전투를 결의하는

항일유격대

누군가 선창을 하면
모두가 따라 부르고 있었다
"산 설고 물 설은 이국 땅에
조선의 얼이 살아
묶인 인민의 가슴 풀어내리라
묶인 조국의 강토 풀어내리라
백두의 훤한 이마 숨가쁘게 바라보네
젖먹이 아기를 두고 온 유격대야
칡뿌리 풀뿌리로 이어온 소년대야
기억하라 죽어 돌아갈 수 없다
기억하라 조국의 인민의 아우성을
동지여 억센 주먹 쳐들어라
저기 해방의 그날이 있다
저기 인민의 그날이 있다"

5

다 닳은
지게 하나 달랑 지고
흙 묻은 괭이 하나 우에 얹어

찬밥 한 덩이 둘둘 말아
허리에 비껴 차고
전국 공사장을 떠돈다는
사평아재는
조국광복회° 연락책이었다
공장에서 탄광으로 농촌으로
함경에서 제주 오지까지
오십 리 길 백 리 길 걷고 걸어
책자나 등사물도 뿌리고
인민혁명군 소식도 전한다는
손이 큰 사평아재는
위험해야, 위험해야 하며
언젠가 일본 순사한테 들켜
무릎까지 빠지는 눈길을 헤치고
한나절에 지리산 밀림을 건너와서
돌아보니
지게도 지게 목발도 어디다 버렸는지
남은 건 맨몸뿐이었다고
허허,
턱수염만 슬슬 문질렀다

° 1936년 사회주의 계열의 단체인 동북항일연군에서 민족주의 계열과의 통일
전선을 조직하기 위해 결성한 단체.

제
3
장

석아, 어쩌다 황량한 벌판에 우는 바람이 되었느냐

1

일본 순사야 무섭지요
뻔득뻔득한 긴 칼만 봐도
오금이 다 저려요
애들이야
슬슬 눈치나 보며 피한다지만
다 큰 처녀들이야
다급해서 뒤주 뒤에도 숨고
대청마루 챙이 속에도 숨지요

면사무소 사람들은
"사내끼°를 까라
가마니를 짜라
관솔기름 짜라"
뭘 숨겨놨나
대창 들고 뒤지러 다녀요

———————

° '새끼줄'의 방언.

대밭머리도
논두렁도
쿡쿡 찔러봐요
날은 석삼년을 가물어
숭년이 들었는데

일본 순사야 겁나지요
흙담도 괜히 쥐어차 먼지를 내고
헛간이나 뒤안이나
큰방 골방까지 군홧발로 지나가지요
한번 질러간 집엔 온통 흙먼지만 일고

한번은
일본 순사한테 걸린 삼숙이가
머리끄댕이 잡혀 대밭으로 끌려가더니
미친년 산발이 되어 나와선
산으로 들어가 버렸지요
몇 날 며칠을 산신님께 빌었어요
산신님, 나 좀 데리고 가시오
산신님, 나 좀 데리고 가시오
그러다 끝내 굶어 죽어버렸지요
까마귀가 모여 울어싸서
산밭 매는 아짐씨들이 가보았더니

살은 이미 온디간디없고
뼈만 시글시글° 덤풀 아래 넘어져 있었지요
어쩌리 나뭇가지로 한 자 고랑 긁어 파서
거기 산밭에 묻어버렸지요

징용이야
싸움만 해도 보내불고
말 안 들어도 보내불고
순사 눈 벗어나면 다 보내불지요

석이는 도스께끼 훈련만 받지요
지보다 큰 목총 들고
파란 하늘 쿡쿡 찌르지요
갈기갈기 찢긴 제 가슴팍
실처럼 찢어놓지요

2

석이네야 사평민씨閔氏 소작을 빌어먹지요
부자야 광주 최만영이 현준호

° 매우 많이 널려 뒹구는 모습.

동복에 오자섭이가 전라도 부자들이지요
알지요
알지요
얼토당토않게 수 잡아서
천석보 만석보 된 걸 다 알지요

어쩌랴
새벽에 꼭 오는 걸
이슬 있을 때 보면
죽은 놈도 안 죽게 보이는 걸 어쩌랴
아니 곡수穀數°를 정할 때마다
작은 가슴팍들 콩당콩당 뛰는 건 또 어쩌랴

어쩌랴
가실엔 짚으로 가마니들 엮어야지요
미순이야 지 키만한 키 들고
죽도록 까불라서 쌀 마지기 모으면
석이야 죽도록 쌀을 담아
한 가마니 두 가마니 열 가마니 다 바쳐야 한 걸
어쩌랴

° 논밭에서 곡식이 소출되는 수량.

그래 줄줄이 지게에 싣고
사평 삼십 리 고개 넘어갈 땐
엄니야 닭도 잡고 꿀도 담아 들고 가지요
어쩌랴
명년에도 빌어먹어야 할 걸
또 어쩌랴

고작 남은 쌀싸래기°야
몇 줌은 산골까지 가서 묻어야지요
몇 줌은 대삿굴°까지 가서 묻고
서너 줌이나 될까 말까는
담벼락 밑 독아지 속에
숯을 살금살금 깔고 우에다 사알짝 묻어두지요
썩는 걸 어쩌랴
아니 살아야 할 걸 어쩌랴

된장 고추장 독아지는
감나무 밑에 묻어놓고
우에다 찬물을 퍼부어놓지요
동짓달 맨땅이 땡땡 얼게
오래오래 퍼부어놓지요

° 잘게 부스러진 쌀.
° 대나무가 우거진 장소.

그러고도 모자라 짚더미 덮는 심정이야

면 직원이 와서는
"당신들 뭘 묵고 사요?"
"감자 썩은 거 몇 개 놔두고 사요"
"그러고 어떻게 사요?"
"말도 마시오 죽지 못해 사요"

당목唐木°이야 대밭 뒷춤에 숨겨놓았지요
비스듬히 파서는 깊이깊이 묻어놓고
댓잎싹으로 사알짝 덮어놓았지요
알지요 댓잎싹 몽땅 모아 덮어놓으면
금시 알고 앗아가니
댓잎싹 몇 개 모아 드문드문 뿌려놓지요
알지요 당목이야 누런히 썩기도 하고
허연 곰팡이꽃 천지로 핀다지만
뺏긴 거보다는 낫다는 거 알지요

° 두 가닥 이상의 가는 실을 되게 드려 한 가닥으로 꼬아 만든 무명실로 폭이 넓고 발이 곱게 짠 피륙.

3

비 오는 황톳길이 질퍽한데
누이야 점심일랑 그만두어라
이쁜 종아리 걷어놓고 슬슬
무엇을 이고 오느냐 누이야
광주리에 쑥떡 서너 개라 부자구나
너를 닮아 서럽고 든든하구나
그러나 누이야
비 내리는 황톳길이 아슬하구나
그만두어라
행여 문둥아치 나올라
쑥떡 서너 개 욕심나서
아니 예쁜 네 종아리 욕심나서 누이야
행여 그만두어라

알기나 아는지
비와 문둥아치가 사촌인지
문둥아치랑 도깨비가 사촌인지
알기나 아는지
이렇게 부슬부슬 비 오는 날엔 꼭
동학군 되똥° 앞이나 개울머리 거기
거기에선 늘 누군가 울어쌓지요

알기나 아는지
거기 올 때는 생기침이라도 해야 하는 거
생풀°이라도 둘둘 말아
담배라도 후여후여 피워야 하는 거
그래 이렇게 우웅우웅 비 날리는 날엔 꼭
도깨비불이 깜박깜박 앞길을 막지요
"어이 거기 누구요?"
가랑비가 돌아서 휘이잉 얼굴 때리고

알기나 아는지
이렇게 부슬비가 부슬부슬 술렁술렁 춤추는 날엔
문둥아치만 얼렁덜렁 옷 걸치고
떼 지어 돌아다니지요
동네방네 싸돌아다니지요
"어이 마시 저기 개 많은 집 된장만 못 퍼묵고
이 마을 된장은 다 묵어봤네"
손발이 터져 진물만 질질 흐르는 문둥아치가 말하면
"그렁가 나사 그집 고추장 맛도 봤네"
눈깔 툭툭 불거진 문둥아치가 대답하지요
알기나 아는지
애기 하나 잡아묵고 맴맴

° 묘의 방언.
° 담배로 만들 수 없는 잡풀.

어떤 문둥아치는 병이 다 나았다더라
그래 갱변°에 대사리° 잡으러 가봐
지들끼리 포장 치고 밥해 묵고 난리지요
고 작은 아이들이야
저만치서 몰래몰래 대사리 잡고
숙이는 망보다 저 혼자 울어쌓고

어쩌다 장에 간 엄니가 늦어봐
하필 그때
문둥아치들이 밀때모자 으들으들° 내려 쓰고
노래인지 악인지 내지르며
덜레덜레 나타나서
밥 주라고 떵깡°을 놔봐
미순인 빈 뒤주에 들어가 달달 떨고
석이야 감자 서너 개 있는 것도
쌀 싸래기 한 되마저 냅다 퍼주고 말지요
어두운 바람이 싸립문 열고
봉창 문에 부딪치는 밤바람이 내동° 올 때까지
석이야 미순이야 바람 따라 울다가

- 강변의 방언.
- 다슬기의 방언.
- 약간씩 흔들어 눌린 모습.
- 생떼의 방언.
- 일껏의 방언.

엄니만 와봐
치마폭에 쓰러지고 말지요
그래 시상에서 말이여
순사 나리하고 문둥아치가 제일 무섭지요
학교 간 석이는 짝꿍하고 싸우다
화가 잔뜩 오르면 문둥아치라고 욕해버리지요
그때면 여자아이야 엉엉 울어버리고

4

큰 산 아래 하루가 기울고
큰 산 아래 하루가 일어나는
산처녀 시상살이야
산이 무섭고
산이 든든하지요
살아 있는 산이 떠억 내려다보고 있으니
그 안에서 쥐 죽은 듯 살아야지요

서까래 서너 개로 엮은 집이야
쑥머리집이라 부르지요
백년 비에 닳은 흙담은
그냥 낮은 대로 바람을 막고

삼대째 드나드는 싸립이야
무언가를 기다리는 그리운 속살이지요

미순이는
산에서 쑥머리집°으로
쑥머리집에서 산으로
들랑날랑 다람쥐처럼 살지요

산등에 난 칡캥이야
우물우물 씹으면
톡 쏘는 쓴 맛이
어쩌면 약이 될 일이지요
오래오래 씹다 보면
배도 부를 일이고
산등에 난 나물이야
싸래기죽에 섞으면 그만이지요

고 예쁜 미순이야
왼종일 쑥만 캐선
삼시 세끼 쑥만 먹고 살지요
에라 쌀죽이라도 떠먹어야지

———————

° 쑥대머리집.

96

쑥만 먹다가 온몸이

띵띵 부어버렸지요

건너치 장성댁 숙이는 쌀죽 먹어

포르스름한 똥도 잘 누는데

쑥만 먹은 미순이야 똥도 안 나오지요

어쩌랴 엄니만 소눈물° 흘리더니

꼬챙이 들고 똥을 쿡쿡 파주지요

엎어진 미순이야 날 새도록 울더니만

다음 날엔 다시 또 쑥만 먹고

마을 안에 일본 순사가 나타나면

큰골로 이불 들고 도망가는 미순이

벌써 열다섯 꽃다운 나이

집 밖에도 얼씬 못 하는 처녀

통 대청에 숨어 삼이나 삼는 처녀인데

밤에 큰골 산마루 두리번거리며 잘도 오르지요

일본 순사가 잠이라도 자고 갈 땐

밤 깊도록 엄니는 안 오시고

미순인 싸리나무 울타리 밑에

쪼그려 앉아

° 눈물이 많이 흘러내리는 모습.

산바람에 사시나무 떨듯 오글오글 떨지요
부엉이 우는 소리야 들을 만하지
아니 개호랑이° 울어쌓는 소리도
차라리 낫지
어디선가 부시럭거릴 것 같은
무시무시한 사람 소리는
아아 열다섯 처녀로선
도저히 감당 못 할 일
차라리 숨 멎고 말 일이지요
어쩌랴
고개를 돌리자니 어둠이 입 벌리고
한 모금에 삼킬 듯해서
미순인 부락만 바라보지요
등잔불만 밤새 바라보고 있지요

5

긴 허리 구부리고
동구 밖 어귀에서
내내 눈 빼고 섰을

° 범의 새끼.

당산나무 같은
어머니

밤이면
백년 묵은
당산나무 이마 아래서
백년 묵은
바람 소리 듣지요

강 건너 시집올 때 웃음 놓고 와서는
이십여 년 논이 되어 살았지요
논일 밭일 사내처럼 해놓고
오던 길에 오이 서너 개 따와선
당촌아짐 하나 주고
지나는 아이에겐 반을 툭 잘라주던
어머니
남의 집 고추 하나라도 따올 때는
고추밭에 앉아
썩은 잎들 정성껏 손봐 주고
어따 뉘밭인지 올 농사 엉망이시
걱정도 해주다가
쑥죽에 된장 휘돌려 고추 하나 내놓으시던
그런 어머니

내 일인지 남 일인지도 모르게
이십여 년 논고랑이 되어 살았다가
지아비도 멀리 보내고
가을걷이 때에도
늘
빈손이던

6

깔 비러 가는 길에 보았지라우
엄니는 흙내 나는 손으로도
흰 볕에 하얀 빨래 널으며
달래달래°
웃어주었지라우
석이사 산그늘에 누워
한잠 잤지라우
솔바람에 간질간질 꿈도 꾸었지라우
미순일 업고 아비도 만나
살랑살랑
춤추는 그런 꿈을 꾸었지라우

° 꽃송이처럼 간들간들 흔들리는 모습.

오메, 해가 산을 다 넘어가 버렸어라우
빈 망태만 들고 두리번두리번
싸립문 조심 슬쩍 열었어라우

그날이지라우
미순이가 숙이년을 만나 대판 싸우더니
산으로 내빼부렀지라우°
아비도 없는 년
학교도 못 간 년이란 말 듣고
질레질레° 내빼부렀지라우
누가 염왕굴산에 있다 해서
석이랑 엄니랑
깐닥깐닥
산에 오르면서
미순아 미순아 울며불며 불렀지라우
아 몰랭이까정 올라강께사
가시덩쿨 밑에서 오그리고 있었지라우
글씨 넝쿨 밑에서 밍감° 따 묵고
하룻밤을 다 보낸 것이지라우
엄니사 죽일 년 살릴 년 해쌓고

° 빨리 내달아 도망치다.
° 비칠비칠 꼬리를 빼듯이.
° 맹감의 방언.

석이사 빙신 중에 상빙신이라고 했다지만
끝내는 부둥켜안고 울어버렸어라우

7

엄니사 웃댕김° 치고 일해야제
쌍것이다고 숭보든 말든
죽자 살자 일해야제
지심 매는 흙손이야 어디 여자 손잉가
여자사 삼이나 삼고 품앗이나 다녀야제
무명베 옷가지나 빨아서
삶고 풀하고
다림질이나 해서 솜이나 넣어야제
허나 지아비 없는 엄니사
골망태 맨들고 소쿠리 맨들고
짚세기신도 삼아야제
보소 보소
예쁘게 삼아서 슬쩍 밀어주는
엄니 손이사
석삼년 과부 손이 따로 있나

° 무릎의 바로 아래에 치는 대님으로 웃대님.

그 모양 그 꼴이제

물꼬에서 누가 물이라도 빼가 봐
악이 나서 욕 퍼지르지
"글씨 물을 빼갔으면 물꼬나 돋아주고 빼가야제
물꼬도 안 돋아주고 지랄이여"
"사내가 없응께 요로크롬 무시딜 헐 거여"
논바닥이 펄쩍펄쩍 하늘까지 펄쩍펄쩍
냅다 삿대질이라도 해야제
"와따 먼 소리를 고르크롬 해부요
나가 좀 터놓고 들어가 잠이 들어부러서 긍께
아짐이 이해하시오"
그때사 숫처녀처럼 못 이긴 척 돌아서제

논바닥에 뒹굴어 한나절 일해봐
한 손은 풀 뽑고 다른 손은 긁어 매고
그러고도 모자라
풀 비어 논바닥에 깔아야제
서툰 낫질로 손이나 비어 봐
아니 빈 자리를 또 비어 봐
말도 다 못 하제
무명 수건 머리꼭지에 달랑 쓰고
풀 한 짐 우에 얹어

논두렁 밭두렁 여덟 자로 돌아
흔들흔들 걸어봐
등고랑에선 땀 나고
가슴팍에선 열통이 부글부글 끓어
그러다간 미치고 말제

미순이야 지게 지고 다녀야제
엄니 풀 한 짐 이어주고
지는 이어줄 사람이 없어
지게 목발 끌고 다녀야제
어찌것어 동무 숙이는 집에 있는데
에이 지게타령°만 하제
커서 힘드네 작아서 힘드네
엄니 속만 긁어 파제
그때면 엄니사
물컹헌 흙을 퍼서 냅다 뿌려불고
이년아 니 탓이냐 내 탓이냐 하며
머리끄댕이 쥐어 뜯어놓고는
뒈져라 뒈져 소리소리 지르다가
끝내는 엎어져 같이 울제
논바닥에 우무락대기°가 따로 없제

° 속상한 일이 있을 때 지게를 빗대 하는 화풀이나 지게 지고 농사짓고 나무일
하며 신세를 한탄하는 일.

8

아픈 몸이야
하룻저녁 끙끙 앓다 일어나지요
왼종일 논밭머리 뒤집다가
밤에 또 미영베° 짜던 엄니는
가는 베 일어나서 잇다가
그만 쓰러져버리더니
온 밤을 끙끙 앓고 누워 있지요
어쩌랴 석이는
수확할 때도 아닌디
논바닥에 보리 모가지 그냥 뜯어왔지요
어쩌랴 절구통 소리 급하고
장작 패기 급한데
어쩌랴 미순이야 불때기에 정신없제
돌아라 돌아 불무야 돌아라
불무에 맞춰 삐걱삐걱 울면서
아픈 엄니가 서럽제
죽은 아비가 밉제
생연기 피어올라 코를 막는데
고개 돌려 바라보는 싸립이여

---

o 검불이나 짚풀 따위.
o 무명베의 방언.

아니 떠난 아비여 그냥 눈물이여
석이는 재수대가리 사납다고
소리를 퍼지르고

"엄니 드셔보소 드셔보소"
"아고아고 이놈아 한 사날 눴다보면
일어날 것인디 어째 애기쌀°을
다 뜯어와서 난리냐"
엄니 논타령° 밭타령° 한숨이야
수저 들 힘도 없이 꺼져가고
"죽은 사람은 죽은 사람이고
산 사람이라도 살아야지라우"
석이 속울음이야
찢어진 봉창 문을 뚫고 나가
새벽산을 흔들어놓고 말지요

한 사날 앓던 엄니가 일어났지요
한밤중에 느닷없이 일어나선
죽은 할머니 흉내를 냈지요
"오남아, 오남아 니가 불쌍타

○ 아직 덜 익은 쌀벼.
○ 속상한 일이 있을 때 논을 빗대 화풀이를 하는 일.
○ 속상한 일이 있을 때 밭을 빗대 화풀이를 하는 일.

못자리가 축축해서 잠이 안 와야
독바우 우에 따땃한 곳으로 옮겨도라
거그 바로 거그를 파면
또 하나 독바우가 나오니라
그래 니 아비니라
오남아 오남아 니가 불쌍타
풀 하나도 뒤엉켜야 풀밭이란다
하물며 지아비 없는 네 설움이야
을매나 크것냐 다 안다
그리고 뒤안이 좋은 터다
오막살이 뒤안이야 을매나 크것냐만
거그다 까시나무 매화나무가 웬말이냐
당장 뽑아버리고 은행나무 심거라
그랑께 석이라도 억지장을 보내서
동복장터° 지서 앞에 은행나무 가져오니라
오남아 오남아 니가 불쌍타"
"어째서 불쌍허요"
석이가 물어보면
"금메마다° 금메마다 불쌍해야"
"언제나 잘 사요?"
물으면

° 전남 화순군 동복면에 있는 시장.
° 글쎄다의 방언.

"그저그래야" 하더니
"나 이제 가야 쓰것다"
뒷짐 딱 지고 앙개앙개° 걸어서
싸립문 열고 나갔지요
그때 새벽닭이 막 꼬꼬댁 울고
할머니가 된 엄니 저만큼 가더니
엄니 자신으로 돌아와서
"아이고 춥다"
가느다란 몸 움츠렸지요

9

엄니가 술을 먹었시야
쌍촌할매 초상집 가서는
술을 함빡 묵어부렀시야
와서는 그랬시야
나 죽어도 지게송장일 거여
과부송장이야 지게송장도 싸지
아고아고 이제 가면 언제 올끄나

° 엉금엉금, 천천히.

근디마다 애들아
배명양반이 그러더라
석이를 자기 아들 대신 징용 보내자 하더라
십 년이나 소작 준다고
미순이도 시집보내 준다고
일 잘하는 절동°기복이가 제일이다며
배명양반이 난리더라
아고아고 어쩔끄나 애들아

엄니가 술에 취했시야
곤드레만드레 속타령°만 했시야
"나가 시집와서 석이 니를 밸 때여
고기 한번 묵어보는 게 소원인디
나가 지지리도 못나서
고기 묵고 싶다는 말을 못 했어
그랑께 배는 부르고 오죽허것냐
속은 미슥미슥거리더니
꾸역꾸역 넘어올 판인디 오죽허것냐
살강에서 밥해도 부아가 나고
부새°에서 불 때도 부글부글 끓고

° 전남 화순군 소재 지명.
° 가슴속에 있는 말을 자꾸 되풀이함.
° 부뚜막의 방언.

한번은 삼바구니를 던져부렀어
긍께 삼이 다 헝클어져부렀지
말도 마라 니 애비가
밥은 안 하고 어먼 짓거리나 헌다며
괭이 들고 밥솥을 찍어분다 하는디
금메 을메나 속 떨린 일이냐
내사 잘못한 것이 있간디
유제° 부끄렁께 밥솥을 쥐어 잡고
잘못했어라우 잘못했어라우 내동 빌었지
이상댁이나 복상댁은 고무신을 신었어
어디 나사 짚세기신만 질떡질떡° 신었고
그란디 한번은 검정 고무신을 사왔시야
을매나 오진 일이냐
베를 짜다가도
이 발 신어보고 저 발 신어보고 그랬지
벗었다 신었다 벗었다 신었다 했지
행여 닳아질세라
방 가운데 놔두고 내내 바라보기만 했지
미순이 니가 일곱 살이나 됐을 때여
나 혼자 보리타작을 어떻게 하것냐
일꾼 한 사람 빌렸지

° 이웃의 방언.
° 질척질척 절룩거리며.

쌀섬 두 가마에 사정사정 빌렸지

금메 과부살이야 서럽제

일꾼도 과부 집에선 발 뻗고 자는 거여

낮참 묵고 당산 그늘 아래 가서는

배퉁아지 다 내놓고 잠이나 자불고

해질녘에사 일한 척하는디

금메 보리만 냅다 널어놓고

도리깨로 뚜들 생각은 고사하고

어둑어둑 물러가는 해 따라

지도 들어갈 궁리나 파고 어쩌것냐

그때 소낙비나 쏟아져봐라

비설거지°를 해야 하는디

능구적능구적 꾸물대는 폼이

지렁이가 따로 없시야

알보리야 다 떠내려가서는

꾀랑가°에 한 줌씩 밀려 있고

말도 마라

깔이야 까치집만큼이나 비어오고

그때 악이라도 퍼질러봐

투정투정 다시 가서는

죄 없는 낫자루 탁 쳐서 깨트리고

° 비가 오거나 오려고 할 때, 비를 맞히면 안 될 물건을 거두어들이거나 덮는 일.

° 도랑가.

지게도 아무 데나 넙다 던져불고
말도 마라 과부살이 신세야
꿈에라도 니 애비 나타날 땐
나사 꼭 안고 자고 싶어 안달을 했지
니네들이 가로막고 누워서 망정이지
그리여 그랑께 수절한 거여
같이 자불면 수절을 못 한다더라"

엄니가 술에 취했시야
석이가 자는 줄도 모르고
미순이가 자는 줄도 모르고
곤드레만드레
술타령만 오래오래 했시야
석이놈 징용 보낼 생각하니
미순이년 시집보낼 생각하니
가슴팍 미어지는 것이
혼잣말이라도 해야 했시야

10

가네
가네

가네

미순이 시집가네

일 잘하는 사내 하나 있다고

지 오빠 전쟁터에 팔아묵고

가네

가네

귀영머리° 풀어서

댕기머리 풀어서

비녀로 쪽을 찌른 미순이가

사십 리 길 울면서 가네

누구는 낭자°하고 족두리 쓰고

하인 하나 끼고

술렁술렁 가마 타고 간다지만

누구는 따뜻한 봄날 아침

설레는 가슴 안고 간다지만

미순이야

눈발 서리서리 내려치는 동짓달에

어정어정 걸어서 가네

가네

가네

발가락이 얼고 버선이 얼고

° 귀밑머리의 방언.
° 예식 때 쓰는 딴머리.

물꽉까지 얼어 걷는
절동 고심재°를 울면서 가네
어느 메뿌리를 세웠길래
그리도 높은 고개를
누가누가 다 못 넘고 죽었길래
깔딱고개
그 고개를
기어오르다
기어오르다
다시금 미끄러져 뒹굴고
마침내 가슴까지 얼어서 넘는
미순이는 시집을 가네
가네
가네
엄니는 독을 품고 가랬는데
오빠는 가시 품고 가랬는데
두 팔 늘어진 채
흐늘흐늘
알몸으로 가네

어쩔끄나

° 전남 화순군 동복면에 있는 고개.

어쩔끄나
동무 숙이는
상보 수놓고 당목에다
책상보 하나
네 올씩 정성 들여 세어서
곱게곱게 수놓아 싸들고
새 이불이랑 비단일랑
온몸에 휘어 감고 갔다는데
미순이야
나무 한 짐이라도 더 해놓고
삼이라도 더 삼아놓고 간다며
백날 천날 일만 하더니
가네
들꽃이 가네
아무렇게나 피어서
절룩절룩
가네
가네
영락없이 목 꺾인 보리꽃마냥
흙손톱만 질근질근 씹어쌓더니
깨문 손톱 아래 핏물 맺히고
눈물마저 섞여 흐르는
열여섯 흙처녀로 가네

"미순아 가거들랑 쌀꽃°으로 피그라잉"
엄니 눈물마저 가네
"엄니! 또 볼 수 있는 거제
오빠! 전쟁터에 나가면 죽는 거제"
"암말 마라 암말 마라
가거들랑 너라도 잘 살그라잉"
까맣게 저미는
석이 가슴팍까지 훨훨 태워서
가네

° 부유함을 상징하는 꽃.

제
4
장

사평아재, 부디 조금만 더 버텨주소

1

북풍한설이 옥문을 몰아치는 밤에
옥창 위의 호박달°은
저 혼자 노랗게 노랗게 익어가고 있었어
싸늘한 시체 하나 꿈틀거리다가
물, 물을 찾는데
지는 달이 그 모습 삼켜버렸어

간수들의 칼자루 소리 발짝 소리
죄수들의 비명 소리 수갑 채우는 소리
꿩 한 마리 옥창에 날아와
감방문 여닫는 소리에 그만
화들짝 놀라 날아가 버렸어

"칼로 목을 댕강 자르든가
총 한 방이면 끝날 테니

° 노란 호박을 비유.

차라리 죽여라 죽여"
사평아재는 울부짖었어
온몸이 멍들어 터지고
뼛속마저 욱신거리는 밤
'동지를 팔아먹을 순 없다'
걸레걸레 찢긴 옷이
순사놈 칼끝으로 벗겨지고
재갈이 물리고
어느새 쇠꼬챙이가 오고
채찍이 온몸을 휘감고
그리고
기절하고
아
'죽어야겠다'
으아아 기를 쓰면
다시 군홧발이 날아오고

뉘는 팔목이 떨어지고
뉘는 눈이 빠지고
뉘는 미치고
뉘는 굶어 죽고
뉘는 얼어 죽고
뉘는

늬는
늬는
죽지도 못하고

2

감옥 바닥에선
살 썩는 내음 뼈 썩는 내음
다 해진 모포 우엔
죽은 듯 늘어진
사평아재

그 옆방
허기에 지친 아내
머리채를 잡힌 채 질질
사평아재 대신 끌려간다

"남편은 몇 달에 한번씩 돌아왔나?"
"두 달 걸러 한번씩 왔다"
"누구랑 같이 온 적 있는가?"
"없다"
"동료들 이름을 들어본 적은?"

"없다"
"너도 죽고 싶냐?"
"죽여라 제발 죽여라"

한 놈은 팔다리를 묶는다
한 놈은 머리채를 잡고
한 놈은 배에 올라 앉아
코에 물을 붓는다
배가 벙벙해지고
몸부림치다 꾸역꾸역 토하고
정신 잃고
다시 곤봉으로 부른 배 찌르고

아 고문이여
누가 고문을 만들었으리
얼어붙은 생식기에 양초 심지 끼우고
불을 놓는 이 고문을

인간이여
악의 근원이여
기절하고
다시 기절하다 일어나
바닥에 흘린 세숫물을
몰래몰래 핥는 여인

석아, 가면 언제 오냐

1

바람이 몰아쳤어
늙은 초가지붕 흔들어놓고
뒤뜰 대나무숲에 가서
고래고래 울었어
아름드리 정자나무
쿠웅 쓰러졌어
가는 징용길 막겠다고
길게 드러누워
왼종일 땡깡부렸어
코 묻은 아이들도 퍼런 입술로 돌아서
쉬이쉬이 노래하는
묻지 마라 갑자생
말도 마라 갑자생이여

석이는 해진 짚신 질질 끌고
닳은 면바지 덜렁 입고
가네

찬밥 한 덩이 헐은 헝겊데기로
허리에 두르고
가네 징용 가네
배명양반 자식 대신 죽으러 가네

날리는 눈발이 곱구나
봉창에 싸립에 날리며
눈발이 악을 쓰는구나

다시는 못 볼지 몰라
감꽃 그늘 아래 하루가 지던
오막살이 속살
호박넝쿨 우거진 흙벽
싸립 열면 보이던 엄니
다시는 못 볼지 몰라
"엄니 나 갈라요"
더듬대며 돌아서는 석이
"이눔아, 가면 언제 오냐"
더듬더듬 휘어 감는 엄니 손마디

배명양반이야
돈 5전만 달라는 소리
다 문드러진 일복 하나만 주라는 소리에도

"펑 갔다나 오니라
설마 죽기야 하것냐
십 년 소작도 어디인데
돈이 뭐시고 옷이 다 뭐시다냐"
문짝만 냅다 내닫았지
석이야
그렇게만 가네
가다가 가다가
땡땡 얼은 찬밥 한 덩이
오들오들 이빨로 갉아 먹고
코 한번 휑 풀더니
날리는 눈발 따라
훌쩍 가네

2

화순지서 마당 가니께
미숫가루 한 봉지 허리에 묶어 차고
서성대는 사람 있더라
미영바지 입고
맨땅에 누워버린 사람 있더라
몇은 햇볕가에 쪼그려 앉아

126

봉초를 돌려 피고

석이는 보았다
부르튼 흙투성이 얼굴들
쩍쩍 갈라진 손등
투박한 가슴끼리 어우러져
툭 건들면
금시라도 흙 같은 눈물 쏟아낼 것을

여수라더라
조선사람 다 보낸
여수는 항구라더라
살아서 다시 보자고
입맞춤하던
여수는 조선땅이더라
힘없이 내젓는 손들만 물가에 남아
오래오래 주정하는
여수는 빼앗긴 알몸이더라

누구는 태인에서 왔다더라
누구는 김제 만경 들에서 자랐다더라
누구는 뱃멀미하고
누구는 선반에 나갔다 오더니

그만 쓰러져버리고
누구는
누구는
악을 쓰고
킬킬대고
마른침만 목울대를 넘기고
배가 뒤뚱뒤뚱
무거운 몸을 움직이는데
석이는 빈주먹만 쥐고

3

여기가 일본땅인가
일 자만 들어도
몸서리치던 땅
비린내 썩은 내 화약내가 섞여
겁먹은 얼굴들을 쥐어짜는
하관항°
돌아갈 배는 돌아가고
고깃배 한 척 없는데

° 일본 시모노세키에 있는 항구.

작업복 하나 달랑 던져주더니
칫솔 하나 달랑 던져주더니
어디론가 끌고 가는 여기는
항구인가 도살장인가

북간도 같은 도야마°를 지나
대판°을 갔지
낯익은 풀들이 푸릇푸릇 웃는 것이
햇살을 받아 고운데
여기저기 밀감들이 달려 있고
사람 사는 집들도 끝없이 보이는데

고운 물살을 두 토막으로
칼날처럼 무섭게 가르고 달려가는
기차
눈 쌓인 허허벌판을
단칼에 두 동강 내면서
후지야마°까지 달려간
기차

° 일본 혼슈 중부에 있는 현.
° 일본 오사카.
° 일본 홋카이도에 있는 산.

4

후지야마 군수공장

모르리
전쟁 나간 일본 사내들은 모르리
제 누이 아우 소식 차마 못 들었으리
언 발 동동 구르며
억지로 만든 총
억지로 만든 포

모르리
엄니는 모르리
언 손 언 발에 고리 묶여
도스께끼 훈련받는
석이
밤이면 밤마다
깨진 물팍 꿇고 앉아
밤새 방아쇠 탄알 만들다 보면
물팍이 허연 뼈를 내놓았지

모르리
죽으면 그뿐

죽으면 그것만 보낸다는
꼴마리° 속 주머니는 어쩌나
머리카락 한 뭉치와
손톱 발톱
그리고 종이 쪼가리에 깨알 같은
글씨는 또 어쩌나
본국: 조선
본적: 전라남도 화순군 동복면 구암리
성명: 오석

5

잠자리 비행기가
파란 하늘을 가르고
호박덩이 하나씩 내던지고 갈 때마다
대지는 창자를 다 내놓고
굴뚝은 무너지고
건물은 파괴됐지

기차 대가리는 난자당하고

° 허리춤의 방언.

철로는 엿가락처럼 늘어졌지
잠자리 비행기 뜨면
석이는
물 젖은 이불 하나 뒤집어쓰고
저도 모르게 뒷걸음질 쳤지
몇십 리 길을 뒷걸음질 치다가
날 저문 밤에사 돌아오곤 했지

6

1945년 8월 15일

석이는 들었다
걸레걸레 누더기 걸친
살아남은 조선인들은 다 들었다
절룩이며
숨죽이며
울먹이며
손을 맞잡고
부르르르 떨며

군수공장 철 대문 아래

녹슨 스피커에서
천황인지 누군지
떨리는 음성 들렸다
자글자글 끓는 말 속에서
어머니 목소리 들렸다
어머니 목소리 들렸다

석이는 하늘을 보았다
석이는 하늘을 보았다

7

하관항을 갔다
저마다 배를 기다리며
고향으로 데려다줄
하관항을 갔다
아이 업은 조선아낙들
노인 업은 조선사내들
이불 보따리 옷 보따리
모두 빨리 가고 싶어
발을 동동 굴렀다
몇은 곱사춤 범팽이춤

덩실덩실
왼종일 춤만 췄다

일주일을 기다리니
배가 왔다
일본군 패잔병이 탄 배
조선사람들 우루루루 배에 올랐다

8

부산항이여
올망졸망 낮은 내 집이여
뫼똥만큼 작은 내 산이여
어릴 때 닭쌈하던 뒷잔등 풀밭 같고
한나절 땡깡을 놓고도
드러누우면 다둑다둑 잠재워 주던
어머니 같은 산하여

석이야 전라도 깃발을 찾지
"어이 마시 어디 깃발이여?"
"함경도 깃발이시"
누구는 "충청도" 하며 깃발 들고

누구는 "경기도" 하며 깃발 들고
누구는 어느새 주먹밥을 해와선
"먹어보소 먹어보소
그냥그냥 먹어보소" 외쳐대니
눈물 콧물 범벅된 석이는
전라도 깃발만 찾지

기차를 탔지
좋아라
좋아라
지붕 우에 앉은 석이
찬바람 다 맞아도
좋아라
"어이 기차 대가리에 뭔 깃발이당가?"
"태극기라고 하대"

어머니!

제
6
장

욕봤네, 이젠 고문 없는 세상 사시게

1

사평아재가 나오고 있네
먼저 간 동지들의 피만 먹고 자란
발이 굵은 옥문을 넘어오고 있네
기나긴 고문 속에서 잃었던
두 눈을 가까스로 찾고서도
그토록 메마른 눈물
아니 나이 어린 아내마저 잃고서도
흘리지 말자던
그 눈물을
말도 없이 주르르 주르르 흘리면서
사평아재가 나오고 있었다

출감
기적처럼 살아남은 동지끼리
'이것이 출감이구나'
'너라도 살아 있구나'
둔신둔신° 쳐다보며

절룩이며
질질 끌며
출감이다

여전히 여름 해는 길고
여전히 두 귓가에 스치는 바람 소리가
으악
으아악
악을 쓰는 소리로 들리건만
'이것이 해방인가?'

여전히 감옥 마당엔 군화 자국 남아 있고
여전히 옥사와 옥사를 둘러싼 벽엔
손바닥만한 창틀이 더덕더덕 붙어 있는데
아니 거기에서 보이는
작은 하늘도 그저 그대로인데
해방이란다

"조선독립만세"
"조선혁명만세"

◦ 낯선 풍경을 보듯 어색하게 두리번거리는 모양.

환영 나온 수많은 사람들의 함성 속에서
거친 손으로 달려와
덥석 손목을 잡고 흔드는 동지들
뉘는 마른 어깨를 두드리고
뉘는 만세를 부르자 하고
뉘는 말도 말자는데
아내여
감옥에서 죽은 아내여
이 소리 들리는가
울며
불며
이 소리 들리는가

2

"여보게 빨치산 대장이 온다네
우리를 해방시킨
소련군이 온다네
양코쟁이 미군이 온다네
가세 적기를 들고
가세 태극기를 들고
서울역 앞마당 뒷마당으로 가세"

흙 묻은 모가지들 저마다 길게 빼고
목쉰 소리들로
가슴이 미어지는 소리들로
으샤 으샤
어샤 어이쌰 불러보는
빨치산 대장이여
들리는가
흙 묻고 기름 묻은 수십만의 사람들이
보이는가
미치게 그리운 눈동자들이

사평아재는 보네
버짐 난 열두 살짜리 가시내가
하지감자를 들고
부황 든 할아비들도 지게목발 짚고
애간장을 다 녹이며 기다리는
목마른 강물
목타는 강줄기를 보네

"어이 마시 오늘 안 올랑갑네
에이 이 사람아
험준산령 백두를 내달리고

한나절에 압록을 헤쳐 오는
빨치산 대장이
우리가 요로크롬 목 빠지게 기다리는데
그걸 몰라서 안 오것능가
글씨 뭣 땜시 안 오것능가 말시"

천지가 꺼지도록 애타는 날이었네
길고 긴 여름 해가
그토록 서둘러 떨어지면서
열 살짜리 소년이 꼰지발로 치켜든 깃발을
서러이 감추었던 날이었네
아니 고 작은 손으로
감자 하나 들고 와주겠다며
애기발로 동동거리던 소녀가
끝내 울음을 쏟았던
그런 날이었네

3

얼어붙은 밤하늘이 걷히고
마침내 새벽빛이 다가오는 길목에서
사람들은 저마다 믿을 수 없다는 듯

142

날이면 날마다 거리로
쏟아져나오고 있네

맨발이었네
긴 머리 들어올려
삼베 수건 둘러멘 아낙도
물꼬를 손대다
똥장군을 지다가
그대로들 내던지고 온 사내들도
모두가 맨발이었네
그래 맞아
그리움이었네
오랜만에 장이 서서
장에 간 엄니가
멀리 흙잔등 너머로 보일 쯤엔
앞코가 터진 검정 고무신
냅다 두 손에 치켜들고 내달리던
그런 그리움
그런 깃발이었네

흙때 묻은 아이들로 출렁이는 태극기
지아비를 잃은 지어미가 치켜든 적기
할아버지 할머니들이 손을 잡고

봇물이 터졌어 봇물이 터진 거라고
벅찬 숨소리로 노래하는 아우성이었네
그러나
그러나
왠지 허전한 아우성이었네
양코쟁이 미군만 오고
소련군은 오지 않는다고
뭔가 이상한 일 아니냐고
저마다 빈 가슴을 쓰다듬는 두려움이었네
백년을 질척이는 뻘밭에 서서
오랫동안 엎어져 울다가
이제사 뭍으로 올라간다면서도
왠지 우리들의 마을이 보이지 않는다고
서로서로 수근덕거리는
사람들은 모두가 맨발이었네

4

고만고만한 작은 산들
느릅나무 가시나무
진달래꽃 하나하나도
지 맘대로 피고 지네

거기 또
도랑도랑 흐르는 개울
아낙네들 오가는 빨래터
올망졸망 모여 사는 오막살이 있네

돌아온 사평아재
산머슴 집머슴들 부르고
봇짐쟁이 소작쟁이들 부르고
"이제 일본놈도 물러갔으니
우리 마을 우리가 지켜사 써"
더불어 날창 만들고
더불어 죽창 깎고

그리고
당산나무 아래로
마을 사람들 모아서는
인민위원회 결성을 알리고
스스로들 인민위원장 뽑게 해서
정참봉네 머슴 달수로 정하고
자기는 다음 날 탄광촌으로 갈 거라 하네
"아무래도 이곳에선
탄광촌 일이 가장 중요하지라우

아무래도 이 마을에선

죽은 아내의 혼이 떠도는 것 같어라우"

팔목을 붙드는 사람들 뒤로하고

멋쩍게 울고 웃으며 돌아서네

제
7
장

석이 어메 화순탄광 찾아가네

1

왔네
서마지기 북당골 콩밭머리에서
다 닳은 흙담이나
녹슨 괭이에서
여름 한나절 뜨건 몸 비벼대는
만삭인 대꽃 신음 속에서
소문처럼 해방이 왔네

절동 고개
그 기나긴 황톳길에는 아직
징용 간 사내들도 보이지 않는데
끌려간 처녀들도 소식 없는데
미군 찝차가 왔네
황토먼지 휘몰아치며
잔돌가지 툭툭 튕기며
미군 찝차가 시퍼렇게 왔네
해방이라며 해방이라며

누가 알리
그 고개
징용 간 오빠들 따라
질질 끌려간 열여섯 누이들이
뽀오얀 속가슴으로
넘어간
그 고개
필리핀 어느 섬으로 갔을까
가서는 어느 동굴에서 누웠을까
하루에도 수십 명의 왜놈 가슴팍을 밀다가
백년 묵은 동굴 가득 하혈을 쏟으며
울다가
악쓰다가
그만 미쳐버렸을까
그만 죽어버렸을까

그래그래
그 고개
흰옷 입은 사내들 처녀들이 넘어가선
영영 돌아오지 않는 그 고개
지렁이처럼 꿈틀대는 발자욱들만 남아
두런두런 이야기 나누는 그 고개

우리네 어머니들 가난한 등짝이지
모진 바람에 다 갈라지고
앙상한 허연 뼈를 내놓고도
우리끼리 감싸며 부축해야 할

그러나
그 고개엔
다시 미군 트럭이 넘어오고 있네
우리네 어머니들
황톳빛 속살 짓밟으며
지들끼리 낄낄대고 있네
누런 흙먼지가 다시 풀풀 일고
코흘리개 애들
주린 배 쥐며
줄줄이 따라나서면
닭 모이 주듯이 눈깔사탕 획 뿌려놓고
닭처럼 콕콕 모이를 줍기 바쁜
애들을 보며 한동안 낄낄대다가
총도 꽝 쏴서 놀래키고
어쩔 땐 아홉 살 순이를 잡아
입 한 번 맞추고 눈깔사탕 하나 주고
또 한 번 맞추고 또 하나 주는
그런 날이 왔네

아 팔월이여
철없는 아이들의 팔월이여
동해물과 백두산이 노래 속에
다시 기역 니은 내지르는 우리말 속에 온
팔월이여

2

여전히 사람들은
석삼년 가뭄과 싸운다네

날이 가물어
한주먹 햇살만 살아서
마른 흙먼지 날리면
신음 소리야 주린 이들 이마에 빙빙 돌고
긴 한숨은 내리내리 퍼져서
오막살이 뿌리를 송두리째 흔드는데

하늘가에
한가로이 떠도는 구름담쟁이
산밭머리에 앉은 아이들

저놈의 젖가슴 언제나 터지나 하고
오래오래 바라보고 있네

지아비들이야 시암도 파본다 하고
지어미들이야 벌써 똘개울가° 가서
한 동이 물짐을 질레질레 이고 오고

가문 날은 계속되네
사람들은 여전히
제 속창°만 긁어 파며 사네

지게 목발 두드리며 산몰랭이 오르면
"이봐요 이봐요
삼대째 오대째 이어온 소작쟁이님
당신 아내가 종이고
당신 아비가 머슴이고
당신이 소작쟁이인데
해방이 다 뭣이다요"
혀를 끌끌 차며 생귀신이 묻네
사람들 한숨을 삼키고
빈 지게로 털레털레 내려와

° 작고 폭이 좁은 개울.
° 가슴속 깊은 곳을 이름.

152

코흘리개 지 아들놈 바라보네
영락없이 소작쟁이 지 아들놈 작은 손을
말없이 움켜쥐네

애들이야 왼종일 싸돌더니
아무거나 먹어놓고 금시 잠이 든다지만
애비들이야 이리 뒤척 저리 뒤척
속창에서 꼬물꼬물 올라오는 기운으로 그만
흙투성이 주먹만 움켜쥐고
온밤을 지새우고 있네

3

떠나네
두 자 오막살이에 배인
아비 내음 뒤로 두고
보리꽃 내음 뒤로 두고
산내음 들내음 황톳살 내음
모두모두 뒤로 두고
떠나네

서리꽃 무성히 핀

지아비 무덤 뒤로 두고
발길 돌리는 엄니 눈물방울처럼
그만 줄줄이 줄줄이 흘러내리며
천근만근 발걸음 질질 끌고
화순탄광 찾아가네

석이놈 징용 가고 없을 때야
베만 매주고 살았지
빈속에 창자가 쥐어짜도
홀로인 몸이니
소작은 무슨 소작
날이면 날마다 덕석 깔아놓고
뙤약볕에서 베만 매주었네
왼종일 일하고 싸래기밥 한 그릇 얻어
삼시 세끼 조금씩 나눠 먹었네

허나
석이놈 돌아와서
이젠 떠나야 하네
배명양반이야
징용 대신 보낼 때는 언제이고
너른 땅마지기 다 팔아놓고
어수선한 시절 무서워 떠난다 하네

광주론가 어디론가 도망간다 하네
이걸 어쩌나
탄광촌이라도 가서 살아야제
괴바우 모퉁이에 하꼬방° 하나 얻어
사는 대로 살아봐야제

° 판잣집을 뜻하는 일본어.

제
8
장

석아, 막장으로 치닫는 바람아

1

발파에 탄가루가 휘날려
깡마른 얼굴들 때리고
공기마저 돌지 않는 깊은 갱 속
가쁜 숨 헐레헐레 몰아쉬는
밤 아닌 밤
누구는 괭이로
천 삽 만 삽 탄을 파고
누구는 날 선 삽 들고
천 삽 만 삽 떠내고
누구는 왼종일 지게로 져 나르다
그만 꼬꾸라져 움직일 줄 모르는데
누구는 광목 하나 들고
그 죽음 아는 듯 모르는 듯
탄 기둥을 세우지

젖 말라 젖이 없고
울음 말라 울음이 없는

김씨네 박씨네 아짐씨들이야
그리고 석이엄니야
밤낮으로 탄 구루마만 밀지
막장 입구에서 야적장까지
밀고 밀고 또 밀어야 하지

광목을 세우는 김씨는
막장 한쪽이 무너져 내리는데
오도 가도 못하고 발만 구르다가
다행히 물팍까지 쏟아지다 말아서
그 자리에 엎어져 퍽퍽 울고

괭이 든 홍씨는
낙반°에 맞아 죽고
삽날 든 최씨는
무너지는 갱을 보며
발등에서 무릎까지
무릎에서 허리까지 쏟아지는
죽탄° 속에서
공포에 질려

◦ 광산이나 토목공사에서 갱내의 천장 또는 벽의 돌이나 흙 따위가 무너져 떨
어지는 일.
◦ 석탄이 죽처럼 되어 있어 붙여진 이름.

159

서서히 서서히
죽어갔지
그때 탄에 묻히는 최씨
세 살 된 아들 녀석
혼절할 아내 떠올리곤
뭐라고 뭐라고 중얼거렸지
혼이 빠져서
넋이 나가서

막장 사람들은
탄 더미에 묻힌 최씨를 파내려고
빙 둘러 다급히 삽질하고
석이야 싸늘한 최씨 두 어깨를 잡고
힘껏 잡아당기다가 그만
생 무시 뽑듯
시신을 안고 뒤로 누워버렸지

아아 그만둬야지
정말 그만둬지 하면서도
어쩌랴 또 막장 어둠 속으로 들어가야지
칸데라 불빛 하나 앞세우고
앞이 깜깜한 갱도 속에 들어가야지
칸데라 불빛은 광부들의 또 다른 눈

그 눈 하나 믿고 칠흑 어둠 속에서
또다시 파야지
탄 더미 파면서
까맣게 타들어 가는 지 속창도 긁어 파야지

파내야지
이 시퍼런 삽날
이 날 선 곡괭이로
한 자 한 자 서러운 내 이름자 파내야지
소작쟁이 아비
소작쟁이 어미
날 때부터 서러운 내 이름자
그만 파내버려야지

잠시라도 탄 바닥에 쓰러져 누우면
아 여긴 무덤
검은 막장 끝도 없는 무덤
빈손으로 살다가
빈손으로 죽어 억울한
다시는 돌아가고 싶지 않은
무덤

그래그래

우리들 죽는다 해도
탄가루에 까맣게 물든 속창
어느 것 하나
그 누구에게도 줄 수 없는 신세
우리사 사람도 아니지
우리사 사람도 아니지

2

악만 남았네
막장에 남은 우리들에겐
꿈틀대는 주먹만 남았네
누구는 발파에 다쳐 손발이
뚝 끊어져나가고
누구는 발파에 다쳐
시커먼 곰보딱지가 되고
아 누구는 죽고
누구는 봉사가 되어
끝내는 술에 탄 쥐약 먹고 죽어버렸는데
우리들에게
남은 건 무엇인가
이게 지옥이거늘

생생한 지옥이거늘

언젠가
남포를 발파하려다
장약해놓은 남폿불° 일곱 개 중
여섯 개만 붙여놓고
아, 그만
칸데라 불이 꺼져버렸지
어쩌나 이를 어쩌나
발파 소리 다가오는데
에라 수직갱°에 몸을 던졌지
십 미터를 떼구르르 구르고
시커먼 석탄물에 머리 박아버렸지

언젠가는
광목으로 탄 기둥 세우는데
계장 반장 소장이 줄줄이
칸데라 불 들고 와서는
막장이 떠나가도록 쩌렁쩌렁 다그쳤지
"이 굼벵이들아"
"이 밥충이들아"

° 다이너마이트인 남포를 폭발시킬 때 도화선에 붙이는 불.
° 광산이나 탄광에서 수직으로 파 내려간 갱도.

그때 에라 싶어 막장을 무너뜨렸지
그 사람들이야 사색이 되어 우왕좌왕하고
석이야 슬렁슬렁 개구멍 팠지
그 사람들이야 서로 먼저 나갈려고
개구멍에 고개를 처박고 난리인데
석이야
에라 이자식,
한 사람씩 엉뎅이 차서 밖으로 내보냈지
석이야 악만 남았지

3

탄가루 뒤덮힌 안전모 툴툴 털어내고
부르튼 손으로
누런 코 휑 풀더니
또랑가에 앉아 까만 얼굴 비비고는
석이는 밤마다 사평아재 보러 가네
세상 물정 좀 안다는 아재는
코를 골고 자다가도
식은 밥 한 그릇 훌훌 말아 먹다가도
"어서 오니라 이눔아"
까칠한 턱수염 한번 쓰윽 문대더니

밤늦은 이야기를 시작하고

"석아
여기 탄광소는 말이다
논밭 한 뙈기도 없는
시상에서 가장 버림받은 사람들이
흘러들어
일제 강도놈 채찍 아래서
열다섯 시간씩 피땀 흘린
조선땅 우에
가장 아프고 시린 인민들이
내몰린 막다른 골목이란다
생각해봐라
왼종일 녹초가 되어 일하다가
그만 탄 막장 무너져갈 때
젖먹이 아이를 두고 온 사람
눈먼 어미를 두고 온 사람들이
꺼져가는 목소리로
부르던 어머니를
그런데 말이다
전쟁 끄트머리에서 왜놈들은
바락바락 악을 써대며
작업을 중단시키고

돈 될 만한 것들 하나하나 챙기더니
엉금엉금 지놈들 나라로 떠나려 할 때
그렇게는 보낼 수 없다며
치켜든 탄 주먹 탄 삽들이 있었단다"
사평아재는 봉초를 치켜들었다

"너도 배명양반 자슥 대신
징용 가서 뼈저리게 느끼지 않았느냐
거그도 지옥이지만
여그도 생지옥이다
곰보 째보 범팽이 할 것 없이
지지리도 못난 사람들끼리
지지리도 가난한 사람들끼리
우리도 한번 사람답게 살아보자고
모인 곳이 여그가 아니겠냐?
버러지처럼 살면서
우리도 한번 꿈틀거려 보자고
주먹 맞잡은 것이
여그가 아니겠냐"

곁에 있던
상머슴° 당숙이 거들고 나섰다
"디런 세상 말도 말세

그렇게 탄광촌을 찾아오면 뭣 한당가

여그도 지옥인데 말여

일본놈들 떠나자마자

탄광소는 적의 재산이라고

미군정에 귀속시켜버렸으니

여그도 남의 땅이 아니냔 말이여

글씨 미군인지 마군인지가 떠억 들어오니께

일본놈 가랑이 늘어잡고 춤추던

오살 잡놈덜이 다시 오두방정을 떠는데 말여

어찌 하루아침에 시상이 바뀌겠냐고

시상에 주인 없는 물건도 있겠냐고

행여 남의 땅 넘보다간 콧물도 없으니께

빌어묵은 땅이나 잘 일구라고

오살 잡놈들이 다 나서 나불대니 말여

어따 마시 우익이 뭐시고 좌익이 뭐시당가

내 좆도 해방이 뭐시여

말혀봐

말혀봐 도당체

해방이 뭐시였냐고?"

해방이 되자 오십 리 길 치달려서

미군정청에 나부낀 성조기를

◦ 힘든 일을 잘하는 장정 머슴.

오래오래 눈물겹게 보았다는 당숙은
이미 세상을 다 알아버린 것처럼
사평아재를 붙잡고 고래고래 소리 질렀다

제
9
장

구천을 떠도는 바람아

1

1946년 8월 15일

가네 가네
해방기념식장을 가네
삼천여 명 모두가
주먹밥 한 덩어리씩 허리에 비껴 차고
4열로 대열 이루어 섰으니
산허리를 휘어 감고도 남아
너른 들 끝까지 늘어져
어허루 무더기로 피어서 가네

탄 묻은 아짐씨들 서로서로 나와
꽃처럼 손을 흔들고
아이들도 저마다 나와서는
뛰고 노래하고 소리 지르니
개들도 껑충껑충 날라리가 났네
새들이야 이리저리 날며 춤을 추고

구름 한 점 없는 여름 아침 하늘마저
살랑이는 바람에 온몸을 빌빌 꼬고

앞 열이 숭얼숭얼 노래하면
뒷열이 발을 맞추어 흥 돋우고
누군가 으샤으샤 선창하면
모두들 으샤으샤 어깨를 끼고

햇살이 쏟아져서
삼천여 함성이 쏟아져서
산그림자는 긴 머리 쓸어넘기며
훤한 이마 다 내놓고 웃네
나무는 나무대로 옷가지 팽개치고
지들도 알몸으로 어깨를 끼네
메아리야 멀리 머얼리
숨 가쁜 소식을 보내고

저마다 산을 끼고 개울을 끼고
구불구불 널린 마을에 들러서는
몇은 물 한 사발 얻어먹고
마을 아낙네야
어서 오소 어서 오소 두레박을 퍼 올리고
뒷춤에 줄지어 섰던 최씨는

제 성질에 못 이겨 개울가로 내려서서
개울물 한 줌 퍼먹다 졸랑졸랑 오고

논밭 길 지나칠 땐
지심 매는 노랫소리도 듣지
막힘없는 소리에 발걸음만 가볍고
새참 광주리를 머리에 인
열다섯 가시내 발꿈치가
묵정밭°을 사뿐 돌아
논 가상이에 서는 거 보이면
와아 환호성을 내지르고
열다섯 가시내야 그만 주저앉아
힐끗 쳐다보며 한숨을 내리쉬고

너릿재° 넘어 녹동마루 지났을까
미군이 막아섰지
무시무시한 전차 대가리 앞세우고
총 끝에 시퍼런 대검 내밀며
"돌아가"
"돌아가라"
좌익이 주최한 불순집회라며

° 농사를 짓지 않고 버려두어 거칠어진 밭.
° 화순에서 광주로 넘어오는 고개.

돌아가라네

"뭐시여 저 자슥들"
"우리 땅 우리가 가는디 밀어불세"
"우리 기념식장 우리가 가것단디
앞 열 뭣 혀 밀어 밀어"
이토록 많은 어깨와 주먹들이
저마다 한마디씩 내뱉고 흔들어대더니
가네
가네
당당히 가야 한다고
어깨를 걸고 손깍지 끼고
으샤!
으샤!
화염이 되어 저지선을 뚫었지
미군 찝차에 대열이 끊기고
몇은 기마대에 쫓기고 밟히어도
큰 물이 되어 바람이 되어
우리 땅 뚫고 갔지

2

기념식장이여
뭇 생명을 살리는 해방이여
억새풀 우거져 만세만세
흙 묻은 아버지들의 숲이여
야위고 지친 풀들 서로 얼싸안고
악을 쓰는 어머니들 숨결이여
아직은 살아 있다고
미쳐 날뛰어보자던 다짐이여
굶주린 배꼽들 홀렁홀렁 다 내놓고
이제는
정말 이제는
우리네 하늘 한번 열어보자던
눈물이여 주먹이여
간절한 만세 소리여

그러나 저들은
식이 끝나자마자 조여왔지
기마대의 시퍼런 대검날로
콩 찧듯이 짓이겨대는
칼빈총 개머리판으로
전평°간부 체포하려고 조여왔지

"정호용°이 감싸거라"
항일 독립투사로 왜놈 시대 물러나고
오랜 감옥살이
절룩절룩 풀려난
"사평아재 유몽룡°이도 감싸거라"
가슴과 가슴끼리 어깨와 어깨끼리
동료 간부들 칭칭 감싸거라

하나둘 쓰러지기 시작했지
개머리판에 맞고 쓰러진 머리가
말 발바닥에 다시 짓밟히고
한쪽 어깨가 무너져
백년 묵은 폐가의 울음소리 내더니
그만 엎어져 움직일 줄 모르고
거리거리마다 쌓인 피들이
산 자들의 발목까지 넘치더니
슬슬 무릎까지 차오르고

깨지고 밟히다 숨죽인 사람들은
썩은 나무토막 내던지듯

° 조선노동조합전국평의회.

° 의사이자 당시 탄광노동자들의 정신적 지도자였음.

° 화순항쟁 당시 화순탄광소 노동조합 간부였음.

미군 트럭에 던져 실리고
더구나 살아 나뒹구는 사람까지
닥치는 대로 실리더니
알 수 없는 어디론가 사라져가고

그나마 살아 돌아가는 대열마저
미군 찝차와 기마대에 쫓겨
밭 가상이나 개울가에 엎어진 채
석삼년 가뭄 끝에 갈라진 논바닥처럼
난자당한 등짝을 다 내놓았거나
짓이겨진 얼굴로
자갈을 입에 물고 누웠거나
핏발 선 눈깔이 얼굴에서 툭 튀어나와
맨땅을 굴러다녔지

석이는 보았지
그러고도 모자라
미군들은 총을 쏘아댔지
달아나는 벗들을 향해
텅 빈 하늘을 향해
신이 난 듯 마구마구 쏘아대더니
마치 인디언들을 학살하듯이
마치 사냥이라도 나온 듯이

개머리판을 땅바닥에 쿵쿵 찧으며
환호작약하는 그들의 모습
석이는 대밭에 숨어 다 보았지

3

가고 마네
서러워라 서러워라
어깨 흔들며
비명을 안고
가고 마네
백 리 천 리 내달릴수록 배 주린
그럴수록 몸서리치며 치달려온
천 리 만릿길
이제는 떠나가고 마네
정녕 미군은 해방군인가 점령군인가
저들의 대검은 어디를 향하는가
난도질당한 황톳빛 가슴
맨땅을 뒹구는데
저들의 총구는 누구를 조준하는가
모가지째 꺾인 끝숨°이
흙살 아래 누워 바라보는

빈 하늘마저 떠나가고 마네

가고 마네

무엇이 보였을까

하늘 가운데 희미하게 그려지는

고향 집 못다 핀 감꽃마저

고향 집 못다 산 엄니마저

가고 마네

가고 마네 벗들만

하나씩 맨땅 우에 생피를 쏟고

만지고 만질 밟고 또 밟을

여기

핏물에 얼룩진 황토살

가고 마네

누가 벗어놓았을까

흙 묻은 검정 고무신

누가 벗어놓았을까

갈기갈기 찢긴 피저고리가

찢긴 가슴팍 다 내놓고 가네

놀란 바람이 숨을 다 죽이더니

금시 일어나 피 내음을 싣고

사방 천지로 떠나고

° 마지막으로 가늘게 붙어 있는 숨.

피거품 부글부글 부풀어 오르다
바람에 사그라들고 마네
어허루
어허루
가고 마네
소나무 가지 우에 앉은 들새가
두 발을 동동 구르고
볼 것을 다 보더니 어디론가
가네 누구에겐가로
알리러 가네
어허여루
어허여루
가고 마네
길가에 풀섶 한 잎도
울며불며 가네
산꽃들도 떼 지어 붉게 붉게
붉은 주먹 흔들며 가네
가네
가고 마네
살아 있는 모든 것이 앞서서
죽어가는 모든 것이 뒷서서
죽음을 넘어
적들의 가슴팍 밀어내고

우리 한바탕 놀아보자고
이 악물고 가네

4

"글씨 김판석이가 죽었다대"
"어디 판석이뿐이것어
수십 명이 죽고 오백이 넘게 중상을 입었다대그려"
"걱정이시 치료도 못 받을 텐디
앞으로 몇 명이나 더 죽어 나자빠질런지"
"와따 전쟁이 따로 있간디
이거시 전쟁이 아니면 뭐가 전쟁이것어?"
"그러게 말이시 일본놈도 일본놈이지만
미국놈은 더 숭한 놈덜이등만그려"
"해방은 무신 해방이여
조선의 천지는 이미 갈라진 거시여
글씨 보소 해방군이라던 미국놈덜
백주 대낮에 본색을 드러낸 것 보소
우리 같은 무식쟁이도 딱 보면 알제"
"그리여 그려 일본 시상이 갔나 싶더니
이름만 다른 미국 시상이 또 온 것이제"
저마다 한마디씩 수군덕거리기 시작하면

금시 열이 백이 되고 백이 천이 되어
술렁술렁 불이 붙어버리지
피멍 든 가슴 가슴마다
탄 묻은 삽날 곡괭이마다
막장의 탄 더미 무너지듯 무너져
천 갈래 만 갈래 찢긴 가슴속으로
파고드는 것이지

그래그래 이때부터지
하고 많은 소작쟁이 산머슴들 모였기에
주린 배와 주린 배가 만났기에
막장마다 탄광촌마다
다 닳은 탄 삽 탄 괭이마다
이토록 가난한 가슴팍 다 내놓고
하나로 흔들어댔던 것이지
날벼락 같은 학살이
분노를 불러일으켜
날이면 날마다 모였던 것이지
모여서 지서 마당으로 달려가
그토록 불타는 주먹을 내뻗어
흔들어댔던 것이지
아이 업은 부녀자들도
엄니 손 마주 잡은 아이들도

코 흘리며 징징 울며

배고파 배고파

악을 써댄 것이지

쌀을 달라!

최저 생활 보장하라!

그래그래 알지

고 어린 젖 몇 살 아이의 심장에도

다 늙은 탄광촌 아짐씨들 가슴에도

불이 붙어

물꼬가 트여

겨눈 총구를 향해 겁 없이

한 걸음 한 걸음

다가섰던 것이지

5

1946년 11월 4일

왔네

미군 트럭이

찝차가 왔네

여전히 시퍼런 총대를 매고

황량한 광산촌 구석구석 온 막장마다
뒤지고 뒤지더니 주동자라며
전평 간부 여섯을 끌고 가려 했네
그래 그날은 찬 바람이 불던 날이었네
아니 찬 바람이 살속 뼛속을 타고
오래도록 울어대는 날이었네
어쩌리 광부들이 막아섰네
광산촌 늙은 할매도
이마 우에 도장버짐°이 난 여섯 살
어린 계집아이도 섰네
아짐씨는 아짐씨들대로 트럭 앞에 서서는
"못 가!"
"우리덜 다 죽이지 않고는 절대로 못 가!"
미군 트럭 앞에 줄줄이 누웠네
거기 석이도 섰네
석이엄니도 몸뻬바지 웃댕김 치고 섰네
그러나
아아 그때
미군 찝차가 움직이고
칼빈총이 불꽃을 뿜더니
트럭 앞에 누운 사람들을 깔아뭉갰어

° 기계총의 방언.

막아선 사람들의 머리가 으깨지고
가슴팍이 긴긴 피꽃을 뿜어버렸네
뿜다가 뿜다가
끝내는 살아 있는 모든 것들도
숨을 멈춰버렸네

6

피를 보아라
저기 거꾸러진 어깨마다
살아 흐르는 붉은 피 보아라
누가 죽음을 넘어 흐르는 저 피
핏줄기를 막는단 말인가
피를 보아라
저기 삭마른 가슴에서 내뿜는
허기진 피
검은 피 보아라
그것은
깃발이다 보아라
누가 감히
죽음을 넘어
펄럭이는 피 적신 깃발

붉은 깃발을 막는단 말인가

적이었다
그들은 적이었다

끌려가던 사평아재가 소리 질렀다
부숴라 부수어라 소리 질렀다
탕 타당

잔뜩 겁먹은 소년 하나가
떨린 손으로
뒤춤에 감추었던 낫을
이놈들 하며 갑자기 꺼내 들고는
미군 찝차로 뛰었다
탕 타당

그 순간 석이가
불 뿜는 총구를 향해 내달렸다
안 돼!
안 돼!

달리던 석이가 쓰러졌다
피 적신 가슴을 움켜쥐었다

징징 우는 오막살이 기슭에서나 살다가
삼대 오대째 내려오는
지게목발이나 짚고 살다가
허망하게 쓰러졌다

석이가 쓰러지자
발을 동동 구르던 아이들이
돌멩이를 주워 내던지고
몸뻬바지 걸친 아낙들이 마른 주먹으로
트럭 철문을 쿵쿵 쳤다
급기야 거기 둘러섰던 광부들이
악을 쓰며 미군 트럭 엎어버렸다

그리고 침묵이 흘렀다

누가 이기고 누가 진 걸까
죽어서도 죽지 못한
석이가 있을 뿐
피 묻은 언 발에 입맞춤하는
석이 어머니가 있을 뿐

누가 이기고 누가 진 걸까
여기 죽어 죽지 못한

광부들이 있을 뿐
아비 잃은 아이들이
피 묻은 가슴팍 부여잡고
일어나라고
눈 좀 떠보라고
울며불며 소리 지르고 있을 뿐

7

묻고 묻었다
모두가 묻었다
미군 총알이 박힌
미군 트럭에 짓깔려 뭉개진 발가락을 묻었다
열두 살 소년이 움켜쥔 피 묻은 주먹을
차마 감지 못한 까만 눈동자를
누가 벗어놓았는지 피 적신 버선 하나
미군 총알에 뻥뻥 구멍 뚫린
피범벅 저고리도 기어이 묻었다
그리고 묻었다 한 맺힌 이름
온몸이 분노뿐인 탄광노동자라는 이름을
그리고 묻었다 피맺힌 함성을
아니 아직도 살아 있는 적들을 위해

살아 번득이는 삽날을 곡괭이를

사람들은 묻고 또 묻었다

그리하여 다시 묻었다

묻고 묻어

더는 묻을 것이 없는

식민지 이 땅에서

삼십 년 사십 년 갈기갈기 찢어져 휘날리던

피 묻은 깃발을

우리네 살아 있는 가슴팍에

우리네 싸워야 할 주먹 속에

묻고 묻었다

모두가 묻었다

맺음시

기억하라

묻노라 양키들아
무덤에서 무덤으로 흐르는
치 떨리는 말 들어보았나를
다시 묻노라
무덤머리 우에 떠도는 저주 소리가
바로 네 목을 조이리라 속삭이는데
그걸 알고 있는지를

기억하라
어깨를 치는 이슬도
말도 마라고 다둑이는데
우리도 모르게 말하곤 했다
너에게만은 적이라고
손목을 끄는 바람도
그냥 가자고 재촉하는데
우리도 모르게 말하곤 했다
너에게만은 원수라고

다시 한 번 경고해두련다

기억하라 양키들아
우리들의 전쟁은 끝나지 않았다

수정판『붉은산 검은피』출간에 부쳐

최원식(문학평론가)

1. 심문

화순항쟁(1946)을 노래한 오봉옥 시인의『붉은산 검은 피』(실천문학사, 1989)는 표지 하단이 눈에 띄는 시집이었다. '혁명장시·첫째권', '혁명장시·둘째권'이란 독특한 넘버링 아래 "항일무장투쟁에서 반미항전으로 이어지는 혁명 전통 의 주류를 복원한 서사시집"으로 부연한바, 이른바 민족해 방(NL)계의 색채가 뚜렷하던 것이다. "장백산 줄기줄기 피 어린 자욱"으로 시작하는 "○○○ 장군의 노래"가 인용되는 가 하면(「서시 2」, 40쪽), 제1장 4절은 제목이 아예 '○○○ 장 군'이고(64쪽), 축지법을 쓴다는 ○○○ 장군의 소문도 들린 다.(「제2장」6절, 101쪽) 그런데 숨은 핵은 2장 1절에 처음 등 장하는 사평아재(84쪽)다. 만주와 국내를 연결하는 비밀 활 동으로 체포되었다 해방 후 출옥하여 화순을 지도하는 이 인물이 바로 "조국광복회 연락책"(「제2장」9절, 107쪽)인 것

이다. 요컨대 『붉은산 검은피』의 종자는 '주체사상'(주사)이
다. 김수영은 일찍이 미발표 시 「김일성 만세」(1960. 10)에서
"한국의 언론자유의 출발은 이것을/인정하는 데 있"다고
일갈했거니와, 거의 30여 년 만에 최후의 금단이 파열한 것
이다.

  이뿐이 아니다. 장시를 마무리하는 「맺음시ㆍ양키에게 주
는 경고장」(둘째권, 116~130쪽)은 반미가 특히 도저하다. 물
론 당시 반미는 새롭지 않다. 1982년 3월 18일 오후 2시 부산
미 문화원 방화 사건, 그날이 잊히지 않는다. 막 강의 끝내
고 연구실로 가는데 영문과의 점잖은 여교수가 평소답지 않
게 외쳤다. "최 교수, 미 문화원이 불탔대!" 나 역시 순간 멍
했다. 미국은 내 속에도 이렇게 시퍼랬던 모양이다. 이후 '양
키, 고우 홈!'을 외치는 시위가 반미의 무풍지대라는 비아냥
을 받던 한국에도 한 흐름으로 자리 잡았다. 그럼에도 문학
에서 이처럼 14면에 걸친 직접적인 반미 '선동'은 드물었다.
'미영귀축米英鬼畜'을 부르짖던 일제 말에 번성한 반미 시가
그 아이러니를 벗어던지고 한국의 젊은 민중시인에 의해 노
태우정권에 대한 저항의 높은 목소리로 발화된바, 이 주체
성이 중요하다.

  반미와 주사를 축으로 한 민족해방파의 등장은 5월 이후
남한 민주파의 어떤 무기력에도 기인한다. 박정희의 죽음
이 민주화로 이행되리라는 기대의 배신과 광주를 폭압한 신
군부를 지지한 미국에 대한 환멸 속에서 남한이 스스로 민

주화를 이룩할 수 없을지도 모른다는 자기 불신이 스멀스멀 움직이기 시작했다. 남한 방송이 완전히 통제된 광주항쟁 때 그 소식에 애타 이북 방송 청취가 급증했다는 소문이 씨앗일지도 모르는데, 반미·주사의 금단을 파열한 민족해방파의 문학적 대두는 사회주의·공산주의라는 금기를 깬 민중민주파(PD)만큼이나 돌출적이다. 1970년대의 기라성 같은 선배 세대를 '추월'한 '무서운 아해'들이 나타난 것이다.

치안이 방치할 리 없다. 결국 1990년 2월 오봉옥 시인과 실천문학사 주간 송기원이 국가보안법 위반으로 구속되고, 물론 시집도 판금되었다. 1990년 벽두를 흔든 이 사건은 6월 항쟁 전야에 발생한 '장편연작시' 「한라산」(1987) 필화와 판박이다. 1987년 3월 사회과학 무크 『녹두서평』 창간호에 1부가 공개된 이 미완의 장시는 4·3항쟁(1948)을 다룬바, 반미와 김일성이 전경화한 효시일 것이다. 제주 민중의 시각에서 4·3에 내재적으로 접근해간 기념비적 단편 현기영의 「순이삼촌」(1978)과 달리 이 장시는 외재적이고 그만큼 이념적이었으매, 4월에 발행인 김영호와 편집장 신형식, 그리고 11월에는 시인조차 구속되었고, 시는 판금되었다.° 한국 민주주의의 한 획으로 되는 6월항쟁 이후건만, 「한라산」이 걸은 역경을 충실히 밟아나간 『붉은산 검은피』는 이후에도 간간이 치안에 소환되곤 했으니, 2005년 6월의 해프닝은 대표적일 것이다. 지금은 기념관으로 변신한 남영동 대공분실 부속 건물 1층 '내부용' 간첩 장비 자료실에 이 시집이

난수표 및 독침과 함께 전시되는 충격적인 일이 발생한다. 때는 참여정부 시절, 공안은 여전히, 그래도 시절 덕에 은밀히 시퍼러둥둥했다. 한 시대 표현의 자유를 위한 문학적 투쟁의 상징으로 된 시집은 문학적으로는 불행을 면치 못했다. 치안의 심문 속에 정작 그 문학은 실종되기 일쑤였기 때문이다. 설상가상은 다음이다. 한국이 민주화와 산업화라는 두 마리 토끼를 잡은 희귀한 나라로 오르자, 시집은 자본의 새로운 물결에 묻혀 점점 흐릿해지기에 이르렀던 것이다.

2. 촛불

유사-쿠데타가 진행되던 박근혜 시절(2013. 2~2017. 3), 뜻밖에도 스탠딩 뮤지컬 「화순 1946」(2015)이라는 유령이 출현했다. 오봉옥에 의해 첫 문학적 조명을 받은 뒤 오래 잊힌 화순이 젊은 연희집단에 의해 음악극으로 부활하는 기적을 불러오다니 박근혜는 요술쟁이다. 도대체 1946년 화순에서는 무슨 일이 있었기에 역사의 고비마다 부활을 거듭하

° 발표된 지 16년 만에 복원판 『한라산』(시학사, 2003)이 출간되었다. 「저자 후기」가 특히 귀중하다. 우선 주목되는 것은 인천의 비밀 노동조직과 연계된 이산하가 당시 3년째 수배 중인 혁명적 노동운동가라는 점이다. 스스로 고백했듯이 민족해방과 반미를 핵심으로 삼는 "NL계"(132쪽)의 맹렬한 활동가로서 이 시 또한 운동의 일환인바, '민족해방문학 혁명소조'를 꿈꾸는 일종의 공동창작이다. 『녹두서평』 발행인 김영호가 제안하고, 김형수가 비밀히 함께 작업하고, 목숨 걸고 이산하가 발표하고, 발행인과 편집장이 감옥을 예약하고 출판한 이 장시의 출현은 '불[火]의 시대', 저 1980년대의 표상으로서 모자람이 없다. 『붉은산 검은피』는 『한라산』의 후계다. 굳이 차이를 찾건대, 운동이 시를 초과한 것이 전자라면, 그래도 시가 중심인 것이 후자라고 하겠다.

는 것인가?

지금은 쇠퇴했지만 전남 화순은 석탄으로 유명한 고장이다. 1934년 일본에 의한 첫 채굴로 열린 화순 탄전은 해방과 함께 새로운 전기를 맞는다. 화순 노동자들은 전평全評°의 영향력 아래 자치위원회를 조직, 일본이 도망친 탄광을 자주 관리하는 한편 노동조합을 결성, 광산 부흥에 진력한 결과, 남한 석탄 생산 3위의 위치에 오른 것이다. 그런데 한국인에 의한 광산 점유를 부정한 미군정의 방침 아래 1945년 11월 초 미군이 진주하면서 화순탄광은 동요한다. 노조 간부들을 추방하고 노동자 백여 명을 해고시킨 사건을 계기로 분쟁이 내연하는 가운데 1946년 8월 15일 너릿재 사건이 발생한다. 화순에서 광주로 넘어가는 너릿재에서 '해방 1주년 기념식'에 참가하기 위해 광주로 행진하던 천여 명의 화순 노동자들과 저지하던 미군 사이에 충돌이 발생한바, 30여 명이 학살되고 500여 명이 부상하는 대참사가 일어난 것이다. 갈등은 증폭된다. 1946년 10월 식량 투쟁을 거쳐 11월 4일 미군정의 배급 중단에 분개한 노동자와 가족 들의 대규모 시위가 폭발했고, 미군의 작전으로 다시 노동자 세 명이 사망하고, 20여 명이 부상하자, 화순 군수가 기어이 탄광 폐쇄령을 발한다. 미군정의 무자비한 공격 속에 해방 후 찾아

° 조선노동조합전국평의회朝鮮勞動組合全國評議會의 약칭. 1945년 11월 결성된 조선공산당(조공) 산하 노동 단체. 최초의 노동자 단체라는 의의에도 불구하고 조공의 외곽이라는 한계로 1946년 9월 총파업을 정점으로 이후 영향력이 쇠퇴했다.

왔던 화순탄광 노동자들의 짧았던 봄도 덧없이 스러졌다.

항쟁은 끝나지 않았다. 제주와 여순으로 번졌다. 1947년 3·1절 기념 제주도 대회에 참가한 군중에 대한 경찰의 발포로 격발된 민중의 항의가 미군정의 강경책으로 1948년 4월 3일 남로당 제주 도당의 무장봉기로 격화하면서 섬 전체가 불의 도가니로 변했다. 막 출범한 대한민국 정부는 5·10선거를 거부한 제주에 대한 무자비한 강공책을 취한바, 1949년 6월 빨치산 사령관 이덕구가 사살됨으로써 무장투쟁은 사실상 끝났다. 그러고도 휴전 1년이 지나서야(1954.9), 한라산 금족禁足지역이 전면 개방되면서 4·3은 무려 7년 7개월 만에 비로소 공식적으로 종료되었다. 나라의 민주화와 함께 '4·3특별법'(2000)이 공포되고, 노무현 대통령이 공식 사과하고(2003), 4·3평화공원(2008)이 조성되면서, 적나라한 국가 폭력의 현장 4·3은 비로소 봉인에서 해제되었던 것이다.°

여순항쟁은 4·3에서 직접 말미암는다. 1948년 10월 전남 여수에 주둔한 14연대가 제주 출동 명령을 거부하고 무장 반란을 일으켰다. 반란군은 여수·순천을 순식간에 휩쓴 뒤 곧 벌교·보성·고흥·광양·구례 등 전남 동부 5개 지방을 장악하고 이어 곡성까지 점령했다. 이승만 신생 정부는 계엄령

° 그럼에도 불구하고, 희생자를 "주민과 토벌대로 한정"함으로써 무장대가 제외된 특별법의 한계는 각별히 기억되어야 한다.(고성만, 「제주 4·3모델의 (불)가능성과 남은 과제들」, 『창작과비평』 2022 봄호, 414쪽) 아마도 이는 여순에는 더욱 까다로울 것인데, 앞으로 다루어질 다른 사례들에서도 비슷하게 드러날 터다.

을 선포한 뒤, 미군의 협조 아래 5개 연대를 투입해 사흘간의 교전 끝에 10월 27일 진압에 성공한다. 그 과정에서 공식적인 사망자만 3400여 명에 이르니 무고한 민간인 희생이 막대했다. 이제 겨우 '여순특별법'이 통과됐다.(2021.6.29)

하나의 고리를 이루는 화순·제주·여순은 해방 직후 남한 사회의 혁명적 고조를 비추는 거울이다. 미군정과 건국 세력은 복잡한 상호 갈등 속에서도 근본적으로는 이 고리를 억압하는 데 연합해 대한민국 정부 수립에 성공한 것인데, 제주에 이어 여순도 화해의 길로 들어선 것은 한국 민주주의 전진에 기초한 분단 체제 극복의 걸음으로서 더욱 뜻깊다. 물론 난관이 적지 않겠지만 결국 여순도 제주를 따를 것이다. 이제는 화순이다.

「화순 1946」의 출현을 더듬노라면 어떻게 이런 기적이 연출될 수 있었는지 불가사의다. 씨앗은 2013년 방송된 〈라디오 반민특위: 화순탄광의 전쟁〉이다. 작가는 유성. 이 게릴라 드라마가 입소문을 타 2015년 배우와 스텝 들의 자비로 제작된 뮤지컬 「화순 1946」이 대학로 극장에 오른다.(9.22~9.24) 첫 공연을 본 관객들에 의해 순식간에 SNS가 끓어넘치면서 전회 전석 매진의 기적이 일어났다. 그해 겨울 대학로 엘림홀에서 앵콜 공연이 올랐고(11.4~11.5), 2016년 벽두에는 광주 초청 공연이 열렸다. 광주항쟁 때 시민군이 화순탄광에서 다이너마이트를 가져왔던 일화°를 상기컨대, 광주가 뮤지컬을 알아본 건 너무나 당연한데, 광주에 다녀

온 뮤지컬은 마침내 2016년 9월 8일 저녁 광화문 광장으로 진출한다.°

뮤지컬은 시작부터 압도적이었다. 무대 우측 약간 높은 단 위에 서서 종 치는 배우의 동작에 따라 백여 명의 배우가 대개 남녀가 짝 지어 한 쌍씩, 때로는 서너 명씩 입장해 무대 전면에 도열하던 것인데, "역사 속에서 유령이 걸어 들어오는 것"이라는 연출 유성의 말 그대로, 역사의 생명정치다. 백 명의 배우가 야외 광장의 가설무대에 오르는 사상 초유의 뮤지컬이라지만 전혀 집단적이지 않다. 한 사람 한 사람이 모두 정성스레 빛을 받는다. 개인이 살아 있다. 그렇다고 개인주의는 또 아니다. 한 사람을 인연으로 또 한 사람이 맺어지고 그런 연쇄가, 말하자면 개인이되 개인이 아닌 하나의 둥그런 고리를 이루는 화엄적 세계를 현출하매, 화순항쟁 70돌을 기념하는 스탠딩 뮤지컬 「화순 1946」의 개막으로서 이보다 더 맞춤한 경우는 없다.

° 최근 박몽구 시인의 시집 『5월, 눌린 기억을 펴다』(시와문화, 2022)를 읽다 「화순 탄광 무기를 시민군에 건네다」(26~29쪽)에 괄목했다. 광주에 격동된 화순 청년들이 화순탄광의 총과 탄약을 수습하여 광주 학동다리에서 시민군에 건네주고 돌아왔다가 후환을 겪는 경험을 생생하게 전한 이 시는 지금까지 알려진 바와 결이 다르다. 마침 오봉옥 시인과 통화하다 귀중한 말을 듣게 되었다. 고3 학생으로 시민군에 참여한 오 시인은 광주의 시민군이 직접 화순탄광에 가서 다이너마이트를 가져왔다고 증언했다.(2022. 3. 16) 화순 '청년'들이 더욱 아처롭다.

° 나는 뒤늦게 2021년 12월 2일, 유튜브로 이 공연을 시청했다. 세월호 광장 반대편 최복단, 광화문을 바로 뒤에 두고 가설무대가 마련되었고 관객들은 그 앞에 빼곡히 앉았다. 물론 막은 없다. 정교하고 복잡하고 화려한 장치가 없어도, 관객과 무대가 이처럼 자유롭지만 완벽한 호흡을 보여준 공연은 드물 것이다.

해방 직전 15호 갱도 사고로 본 극이 시작되는데, 해방과 함께 고통은 환희로 변모한다. "나도 커서 아버지처럼 광부 될 거야"를 노래하는 소년소녀합창대가 상징적이다. 이 뮤지컬에서 소년소녀합창대는 단순한 장식이 아니다. 해방 1주년 기념식에 참석하고 싶어하는 아이들을 말리자, 합창 대가 부르는 "어른들은 안 돼"에서 보이듯 그들은 독자적 이다. 여성합창대 또한 중요하다. "남자들은 잘난 척해도 여 자 없으면 아무것도 못 해"의 해학도 즐겁지만, 이념의 남근 적 성격을 비판한 "좌익이 어딨고 우익이 어딨나"도 의미심 장하다. 남성 광부들도 결코 집단적이지 않다. 공격 전야, 저 항의 불가능성을 설득하는 조선인 여군에게 '나도 무섭다 며 그래도 굴복해서는 사람이 할 일이 아니라'며 그녀의 제 의를 거절하는 망보는 광부의 장면은 대표적이겠다. 그리하 여 항쟁은 끝나고 다시 백여 명의 배우가 삼삼오오 등장하 여 위로와 희망의 합창 〈내일은 꼭 오리라〉를 부른 대단원 이 벅찬데, "우리 조국은 우리를 구하지 않아도"라는 가사 가 폐부를 찌른다.°

「화순 1946」은 촛불의 선취先取요, 촛불 전야다. 10월 26일

° 혹자는 「화순 1946」을 한국판 『레미제라블』이라고 추임새하지만, 영화 〈레미 제라블〉(2012)은 압도적 서사성이 천변만화하는 원작 소설에는 댈 수도 없이 수척하다. 글쎄, 그 영화나 뮤지컬이 약간의 자극이 되었을지는 몰라도, 「화순 1946」은 기본적으로는 김민기의 노래극 「공장의 불빛」(1978)을 계승한 것이 다. 박정희 독재에 대한 저항에서 솟아오른 후자가 박근혜 시절 다시 출현한 뜻이 기룹다. 요컨대 '한국판' 운운은 어불성설이다.

광화문 광장에 촛불이 타오른다. 마침내 2016년 12월 31일 박근혜 퇴진 촉구 10차 국민행동 '송박영신'에 뮤지컬 화순 팀이 참여한다. 〈사람은 있다〉를 시작으로 〈내일은 꼭 오리라〉까지 여섯 곡이 불리는 동안, 화순이 광화문이고 광화문이 화순이 되는 마술이 현현했다. 그리고 2017년 3월 10일 박근혜는 파면됐다.

3. 수정

오봉옥 시인이 솔출판사 임우기 대표의 제안에 수정판 『붉은산 검은피』를 내기로 결심한 일이 고맙다. 화순항쟁의 첫 취재라는 영예에도 불구하고 김수영의 「김일성 만세」를 실천함으로써 야기될 탄압을 감당한 초판도 용기가 필요했지만, 수정판도 못지않은 다짐이 요구되기 때문이다. 나는 앞에서 반미와 주사를 발화한 이 시의 주체성을 평가했는데, 그 주체성은 온전한 것이 아니다. 민족해방파의 남한혁명론은 남의 내발성보다는 북을 기지로 한 외발성이 우위에 선바, 소련을 세계 혁명의 기지로 세우는 스탈린주의적 일국사회주의론의 변형 복제에 가까울 것이다. 더욱이 멀리는 조기천의 『백두산』(1947), 가까이는 이산하의 『한라산』이 『붉은산 검은피』에 직간접적으로 드리웠다. "뜻이 세면 소리가 죽는다." 시인의 뜻이 서사의 내재적 숨결을 억압함으로써 장시의 흐름을 근본적으로 제약했으니, 내가 당시 이 장시에 대해 지적한바 속셈이 대강 이와 같았다.°

33년 만에 서사시집 『붉은산 검은피』를 다시 출판한 시인의 말이 각별하다. 화순항쟁으로 억울한 죽음을 한 큰아버지를 위무하는 개인적 동기도 있었다는 시인의 발언은 이 서사시의 절실함이 어디에서 기원했는지를 짐작하게 하거니와, 단순한 재출간이 아님을 밝히는 대목이 특별하다. "'화순항쟁'에서의 억울한 죽음을 규명하기 위해 한 사람의 삶의 궤적을 따라가는 식으로 구성을 다시 했고, 보다 더 단단한 짜임새를 위해 불필요한 삽화들은 걷어냈다. 그리고 약간의 오류가 있었던 부분들을 바로잡았다."(6쪽) 복원판 『한라산』이 이념적인 것이 강화된 것과 달리, 수정판 『붉은산 검은피』는 현실적인 것에 방점이 찍힌 것이다.

　어떻게 수정되었을까? 서시가 셋에 본시 9장 그리고 맺음시로 구성된 초판과 비교할 때 수정판에서 눈에 띄는 큰 변화는 본시와 맺음시다. 전자는 행수가 뜻깊게 축소되었고, 후자는 반미 타령이 대폭 정리됐다. 더욱 중요한 것은 시 전체에 걸쳐 곳곳에 묻힌 센 뜻들, 곧 외삽적인 '주사'적 경향들이 꼼꼼하고 정성스럽고 더욱이 솜씨 좋게 퇴고된 점이다. 퇴고라기보다는 전면적 개작에 가까운바, 덕분에 장시의 서정적 본때가 그대로 살아났다.

　그런데 이번에 새삼 깨달은 것은 우리가 그동안, 뛰어난 서정에 홀려, 그리고 반미와 주사에 휘둘려 이 장시의 핵심

○　졸고, 「이념적인 것과 현실적인 것」, 『사상문예운동』 1989 겨울호.(졸저, 『생산적 대화를 위하여』, 창작과비평사, 1997)

을 간과한 점이다. 서시를 구성하는 셋 가운데, 「서시 3: 씻김굿」에 새삼 주목한다. 씻김굿이란 문자 그대로 망자亡者의 영혼을 씻어 이승의 한을 풀고 극락왕생하기를 비는 굿으로 굿에 참여한 죽은 자와 산 자 모두가 생기복덕을 입는 한 바탕의 축제다. 시인은 누구의 혼을 씻으려 하는가? 1894년 고부에서 봉기한 동학 아비와 식민지 시대 만주에서 투쟁한 전사 아비와 6·25 직전 지리산을 무대로 싸운 빨치산 아비와 1980년 광주에서 압살된 오월 아비가 그들이다. 시인은 간난한 우리 근현대사의 차륜車輪 아래 희생된 우리 민중의 '고'를 풀고자 하매, 이 서시의 마무리가 한눈에 든다.

> 작별이야 작별이야 조상불러 작별이야
> 동지불러 작별이야 일가친척 작별이야
> 부모형제 작별이야 동네방네 작별이요
> 민중세상 다왔다고 왕생극락 가신다며
> 작별이로구나
> 작별이야 작별이야

이 마무리는 초판 그대로란 점도 유의할 일인데, 그 아비들이 이승의 악연으로부터 해탈하기를 염원하는 오봉옥 시인-박수의 기도가 간절하다. 이 기도는 또한 죽은 아비들의 혼으로부터 벗어나기를 꿈꾸는 시인의 것이기도 하거니와, 아비들과 시인이 함께 자유로워지는 이중의 해방에 조건이 있다. "민중세상 다왔다고" 강력하게 암시하듯 자유롭고 평등하여 온 인민이 우애하는 후천개벽의 새 세상이 관건이다. 요컨대 이 땅에 지상천국을 건설하는 일이야말로 망자를 천도하는 첩경임을 선언한 것이 이 장시의 눈동자이던 것이다.

본시는 농민의 아들 석이가 주인공이다. 아비 없이 누이 순이와 과부 어미 아래 식민지 시대 농촌을 생활하는 석이의 성장시가 전반이라면, 대리 징용을 고비로 농민에서 노동자로 전신, 화순항쟁에 참여했다 1946년 11월 4일 학살되는 것으로 맺는 저항시가 후반인데, 백미는 역시 전반이다. 특히 석이 어미가 석이의 징용과 순이의 시집을 앞두고 술에 의지해 과부살이 설움을 하소연하는 독백 장면(「제3장」9절)은 가부장이 지배하는 이 장시에서 단연 압권이다. 꿈 대목을 잠깐 보자.

꿈에라도 니 애비 나타날 땐
나사 꼭 안고 자고 싶어 안달을 했지
니네들이 가로막고 누워서 망정이지
그리여 그랗께 수절한 거여
같이 자불면 수절을 못 한다더라

이런 눈썰미로 석이 가족의 초상을 통해 화순항쟁의 농민적 성격을 예리하게 파악한 이 장시는 반면 화순항쟁의 노동자적 성격이 약화되고 광부들의 주체성이 엷어진 점이 문제거니와, 왜 '붉은산 검은피'인가? '붉은산'은 무엇보다 학살의 현장 너릿재다. 이젠 터널이 뚫려 옛길로만 남은 이 고개는 1894년 농민전쟁 때 동학군이 죽은 동무들의 관을 끌고 내려왔다는 전설을 거느린바, 광부들이 학살당한 1946년 화순항쟁이 그 물질성의 절정이었다. 피로 물든 너릿재가 바로 '붉은산'이다. 또한 '붉은산'은 나무가 없어 벌건 흙이 그대로 드러나기 일쑤인 식민지 시대 조선의 상징이니, 김동인의 단편 「붉은 산」(1932)은 그 단적인 예일 것이다. '붉은'은 여기서 그치지 않는다. 자본주의를 역사의 종말로 예찬하지 않는 진보 내지 사회주의의 표상이다. 일찍이 변영로는 「논개」(1922)에서 노래했다. "아, 강낭콩 꽃보다도 더 푸른/그 물결 우에/양귀비 꽃보다도 더 붉은/그 '마음' 흘러라." 가신 님에 대한 불타는 연모가 시의 본령임을 선언한 절창인데, 오봉옥 시인도 화순항쟁에 뿌려진 "검은 피"를 씻으며 혁명적 몽상에 대한 붉은 마음을 맹서한다. 혁명을 꿈꾸지 않는 시는 죽음인저! ✐

수정판 『붉은산 검은피』를 간행하며

임우기(간행위원장)

서사시 『붉은산 검은피』의 역사적 모티브는 1946년에 일어난 '화순탄광 사건'이다. 일제로부터 해방과 동시에 주둔한 '미군정'은 광복 1주년 기념식에 모인 탄광노동자들을 무력으로 해산 학살하였고 이에 대항한 민중들의 투쟁은 '화순탄광 노동자들의 봉기 사건'으로 이어진다. 반제反帝 민중 투쟁사의 관점에서 보면, 이 시집에는 멀리는 동학농민혁명, 가까이는 1980년 5월 '광주민주화항쟁' 정신이 내연하고 있다. 이 서사시집이 지닌 빛나는 문학사적 성과는, 도도한 민중사의 흐름 속에서 반제국주의 이념의 현재적 의의를 되새기는 한편, 과연 문학은 이념의 전위인가 이념의 도구인가 하는 의미심장한 질문을 제기한다는 점에 있다. 서사무가敍事巫歌의 전통을 이어받은 『붉은산 검은피』는 반제국주의 민족 해방투쟁에서 산화한 탄광노동자들과 마을 주민들의 넋을 위무하는 진혼가鎭魂歌인바, 흔히 이념적 서사시의 주인공이 특정 정치 이념의 도구화된 화자가 되어 일방적이고 단선적인 목소리를 앞세우는 것과 달리, 『붉은 산 검은피』에서는 주인공 석이를 비롯한 마을 주민들이 '따로-함께' '공동체적 주체'로서의 화자가 되어 상호적이고 복선적 목소리를 들려준다. 이는 이념의 도구로서의 서사시 형식을 극복하는 전위적 문학성을 드러내면서, 치열한 이념적 고투 끝에 민중의 구체적 생활 속에서 이념의 진실을 찾아가는 뜻깊은 문학적 예지에 값하는 것이다.

『붉은산 검은피』 간행위원회

강성률(영화평론가)

김종광(소설가)

남기택(문학평론가)

노지영(문학평론가)

박수연(문학평론가)

방민호(문학평론가)

유성호(문학평론가)

임우기(문학평론가)

조광희(작가)

후원해주신 분들

『붉은산 검은피』 출간에
귀한 마음을 모아주신 분들께 깊이 감사드립니다.

615제주	김숙	김인자
강빛나	김순심	김정래
강유미	김순옥	김정수
강은경	김시온	김주선
강창원	김시현	김지훈
강희정	김영도	김창숙
김강연	김영윤	김청자
김경숙	김영혜	김향연
김규성	김용석	김형기
김기환	김우진	김혜정
김대권	김원숙	김훈기
김보인	김유하	김희숙
김사랑	김은미	김희정
김상률	김은비	김희준
김서은	김은숙	나운종
김성규	김은정	나현주
김수만	김이수	노정숙
김수연	김인갑	마진군
김수정	김인숙	문명진

문섭	손진곤	이근덕
박광식	송덕영	이금경
박남전	송민영	이덕란
박래원	송원주	이돈권
박미소	신경숙	이동렬
박민서	신미순	이명희
박선애	신윤숙	이미래
박순우	심희수	이민정
박인선	안유정	이부금
박정은	안진영	이성지
박종모	양옥희	이수미
박지아	오경환	이수빈
박지혜	오무경	이유미
박채성	오성일	이의준
박현아	오수선(전북민동 고문)	이정현
박형길	오인환	이정호
박혜린	유경화	이주형
반의경	유다혜	이지혜
방용승	유수경	이진숙
백경숙	유우영	이창미
부성환	유원희	이하재
비움	유은영	이향숙
서병학	유재준	이형택
서성호	윤명식	이호균
서해영	윤상호	이희정
석유나	윤진옥	임명희
손경	이경희	임은진

임정민	조범수	통일의병
임종우	조선수	하광호
장민철	조선옥	하라운
장수경	조성진	한결
장은영	조순배	한관선
장지철	조양비	한명수
장태환	조영준	한재진
전남혁	조이안	한정학
전수진	조인숙	한지명
전용희	조정필(前전대협동우회장)	한현숙
전형석	주선균	한현심
정남진	진윤순	함영란
정남현	진한수	현도희
정숙희	채인여강	홍미정
정양자	천수현	황영숙
정은경	천희진	황인훈
정은숙	최선남	황정숙
정태순	최우영	황희면
정혜선	최주철	
정희영	최형만	(*가나다순)

• 이 외 이름을 밝히지 않은 다섯 분이 후원하셨습니다.

붉은 산 검은 피

1판 1쇄 발행	2022년 6월 23일
1판 2쇄 발행	2024년 5월 3일
지은이	오봉옥
펴낸이	임양묵
펴낸곳	솔출판사
편집	윤정빈, 임윤영
경영관리	박현주
주소	서울시 마포구 와우산로29가길 80(서교동)
전화	02-332-1526
팩스	02-332-1529
블로그	blog.naver.com/sol_book
이메일	solbook@solbook.co.kr
출판등록	1990년 9월 15일 제10-420호

ISBN   979-11-6020-173-4   03810

• 잘못된 책은 구입한 곳에서 바꿔드립니다.
• 책값은 뒤표지에 표시되어 있습니다.